幻の赦免船

居眠り同心 影御用26

早見 俊

時代小説

二見時代小説文庫

幻の赦免船——居眠り同心 影御用26

目次

幻の赦免船《しやめんぶね》——居眠り同心影御用26・主な登場人物

蔵間源之助《くらまげんのすけ》……北町奉行所の元筆頭同心で今は閑職の〝居眠り番〟。難事件に挑む。

蔵間源太郎《くらまげんたろう》……源之助の息子。北町の定町廻り《じようまちまわ》同心となり矢作兵庫助の妹、美津《みつ》を娶る。

矢作兵庫助《やはぎひようごのすけ》……凄腕とも豪腕とも呼ばれ、南町奉行所きっての暴れん坊同心の評判を取る男。

京次《きようじ》……通称「歌舞伎《かぶき》の親分」と呼ばれる男前。源之助に見い出され岡っ引きとなる。

善太郎《ぜんたろう》……杵屋善右衛門の跡取り息子。悪の道から源之助に救われた過去を持つ。

寅吉《とらきち》……八丈帰りの元力士。改心をして以前の西條家のお抱え力士に戻る。

瓢吉《ひようきち》……冤罪により島流しとなる。嵐に襲われ怪我を負いそれが元で死んでしまう。

お結《ゆい》……店に出入りの飾り職人の瓢吉と恋仲だった豊州屋《ほうしゆうや》の跡取り娘。

吉次郎《きちじろう》……深川の小間物問屋豊州屋の主。

伊三郎《いさぶろう》……豊州屋の手代。お結の婿となる。

与一《よいち》……先代の頃より豊州屋にその生涯を捧げる番頭。

古川伊織《ふるかわいおり》……高名な国学者。浪人の身ながら様々な大名に招かれ講義を行なった。

木下又右衛門《きのしたまたえもん》……古川伊織殺しの下手人とされた、古川の弟子。

お春《はる》……豊州屋の女中であった頃より伊三郎と言い交わした仲だった。

太助《たすけ》……牛殺しの太助、通称牛太《ぎゆうた》と呼ばれ、寅吉のしまを受け継いだ子分。

序

一

篠《しの》つく雨が降っている。

大粒の雨に濡《ぬ》れ鼠《ねずみ》となりながらも、栈橋を歩く男たちの表情は明るい。みな、八《はち》丈島《じょうじま》から赦免船《しゃめんぶね》に乗ってきた流人《るにん》たちなのだ。

「江戸に戻って来たぜ！」

誰ともなく声が上がり、みな喜びに沸き立った。

海原は波立ち、行き交う船影は雨に煙っている。

「親分……」

男は栈橋の流人たちに視線を凝らした。目に雨粒が入り、傘を差してこなかったことを悔いた。

女は番傘を差し、周囲を見回した。

と、胸がときめいた。

あの人だ。

帰って来てくれた。

はち切れんばかりの想いで胸が塞《ふさ》がれ、息が苦しくなる。必死に息を整え、男に近づくと番傘を差し出した。

「瓢吉《ひょうきち》さん……。瓢吉さん、お帰りなさい」

女は万感籠《こも》る声で話しかけた。

「いや、おら……」

男の目は戸惑いに揺れた。

「結《ゆい》よ。お帰りなさい。辛かったでしょう」

「結……。お結さんかい」

男は上目遣いとなった。

どうしたの、わたしのこと忘れたの、泣きそうになるのをぐっと堪え、

「瓢吉さん」

我慢できず男の胸に飛び込んだ。男は後ずさったが、やがて両手を背中に回してきた。

「もっと、強く抱いて」

お結も力の限り男を抱きしめる。番傘が落ち、雨風に転がっていった。

初春の雨は冷たく、流人たちは凍えるようだと不満を言い立てているが、お結には恵みの雨とすら思えた。

三年ぶりに会えた。

三年の間、片時も忘れなかった人だ。寝ても覚めてもこの人の顔を脳裏に浮かべ、温《ぬく》もりを思い出してきた。

待った甲斐《かい》があった。

もう放さない。

いつまでも抱かれていたい。

雨に降られようと、風に吹きさらされようと、雷に打たれようと。

お結の顔は雨と涙でぐしゃぐしゃになった。

第一章　小さな影御用

一

ひらひらと桜が舞い散っている。

文政《ぶんせい》二年（一八一九）弥生《やよい》二日、江戸は春爛漫《らんまん》である。

蔵間源之助《くらまげんのすけ》は、桜を満喫しようと日本橋長谷川町《にほんばしはせがわちよう》の履物問屋杵屋《きねや》にやって来た。主人善右衛門《ぜんえもん》が特別に植えさせた桜が咲き誇ったと聞き、桜を愛《め》でながら碁《ご》を打とうというのである。

背は高くはないががっしりした身体、日に焼けた浅黒い顔、男前とは程遠いいかつい面差《おもざ》し、一見して近寄りがたい風貌であるが、これほど頼りになる男はいない。かつては北町奉行所きっての腕利き同心であった。

あったというのは、定町廻《じょうまちまわ》りと筆頭同心を外され、今は両御組姓名掛《りょうおんくみせいめいがかり》という閑職にあるからだ。閑職に身を置こうと、頼ってくる者が絶えないことが却《かえ》って源之助の敏腕ぶりを物語ってもいる。

筆頭同心を務めていた頃の名残《なごり》である鉛の薄板を底に仕込んだ特別あつらえの雪駄《せった》を履いているにもかかわらず、足取りは軽い。

源之助がやって来ると善右衛門は既に縁側に碁盤を置き、対局せんと待ち構えていた。

源之助も縁側に上がり、善右衛門と碁盤を挟んで向かい合う。

「桜はいつまでも見飽きませぬな」

善右衛門の言葉に心からうなずく。

優美に咲く桜を見上げ、二人はしばし、碁石を置くのも忘れた。春風に舞う、薄紅の花弁が碁盤に落ちたが、二人とも取り除こうとはしない。歌の心があれば一首、捻《ひね》りたいところである。

そんな風雅な気分に浸っているところへ、

「蔵間さま、おいでですか。蔵間さま！」

けたたましい声と共に若い男が裏木戸から飛び込んで来た。善右衛門の一人息子で杵屋の跡取り、善太郎《ぜんたろう》である。木綿《もめん》の小袖を尻はしょりにし、大きな風呂敷包みを背負い、額から大粒の汗を滴《したた》らせている。

「おい、おい、無粋《ぶすい》な男だね」

顔をしかめ、善右衛門は善太郎を叱ってから源之助に息子の無粋を詫びた。

しかし善太郎は切迫《せっぱく》した様子で、

「蔵間さま、助けてください」

と、庭先で両手をついた。

善太郎が火急の用件だと喚《わめ》き立てるのは今日に限ったことではない。善右衛門などは呆れたように薄笑いを浮かべている。善太郎の息が整うのを待ち、

「どうした。そんなところに座ってないで、上がったらどうだ」

源之助は縁側に座るよう手招きをした。善太郎は股引《ももひき》に付いた泥を払い、雪駄を脱いで縁側に上がろうとしたが、善右衛門に厳しい目を向けられ、腰かけるに留《とど》めた。

源之助が無言で話してみろと促す。

善太郎は一礼してから、

「熊殺しの寅吉《とらきち》を覚えていますか」

と、言った。

一瞬にして源之助の脳裏に寅吉の容貌が蘇《よみがえ》った。その二つ名の通り、ヒグマと戦い、殴り殺したと評判の男である。奥羽黒磯藩《おううくろいそはん》十万石西條讃岐守《さいじょうさぬきのかみ》のお抱え力士として大関を期待されたが、素行不良で解雇され、江戸の浅草《あさくさ》に居ついて、腕っぷしの強さから博徒《ばくと》、やくざ者を束ね、親分として威を張った。大勢の子分たちにかしずかれ、賭場《とば》を仕切ってもいた。

いつしか、浅草界隈では熊殺しの寅吉を縮め、熊寅《くまとら》の親分と呼ばれるようになった。

かつて、善太郎も身を持ち崩して寅吉の賭場に出入りをし、やくざ者とつるむようになった。寅吉の手下たちは、善太郎が老舗《しにせ》の履物問屋の跡取り息子だと知ると杵屋の金を持ち出させるなどして、いいように利用した。跡取り息子が悪の道に取り込まれそうなことを知った善右衛門は、源之助に助けを求めたのだった。

源之助は自ら先頭に立って、寅吉の賭場を摘発し、寅吉や主だった子分たちを捕縛《ほばく》した。善太郎も捕らえられたが、賭場に加担していたわけではなかったため五十叩きで放免され、それを機に心を入れ替えて働くようになった。以後、善太郎は商いに精《しょう》進《じん》し、店の切り盛りや新規のお得意獲得のための行商に励み、善右衛門がいつ隠居してもいいような商人に成長した。

「寅吉は八丈島に送られたのだろう」

源之助が確かめると、

「ところがですよ、この正月の赦免船で戻って来ていたんですよ」

善太郎は浅草のお得意先を回った時、浅草寺《せんそうじ》の境内で見かけ、周囲の人たちに確かめると赦免されたことを知った。

「寅吉、達者であったのか」

「そりゃ、歳《とし》は重ねていますが、目の色といい血色といい肌艶《はだつや》といい、ちっとも変わってませんよ」

ちっとも変わっていないことはないだろう。善太郎の恐怖心がそんな風に思わせているに違いない。

「寅吉、いくつになる」

「島送りになったのが十年前ですから、三十五ですね」

善太郎は指を折って答えた。

「して、今は何をしておるのだ」

源之助の問いかけに、

「それが、黒磯藩西條家の大殿さまのお抱え力士に戻ったそうなんです」

「しかし、寅吉は西條家を素行不良で解雇されたのだろう」

「それが、寅吉を解雇なさった当時のお殿さま、今は隠居なさって大殿さまとおなりですが、大殿さまから、久しぶりに無双嶽《むそうだけ》の相撲が見たいとお声がかかって……」

無双嶽は寅吉の四股名《しこな》である。

昨年の師走《しわす》、大殿さまこと西條斉英《なりひで》は不治の病に冒されていた。生死の境を彷徨《さまよ》う重篤《じゅうとく》な病であったが、夢の中に無双嶽が現れたのだそうだ。無双嶽は斉英に取りつく病魔を投げ飛ばしたのだという。

「すると、明くる朝、大殿さまは病から平癒《へいゆ》なさったとか」

斉英は熱が下がり、食欲も出て、すっかり平癒したのだそうだ。

それ以来、斉英は無双嶽の相撲を見たいと切望し、老中を通じて赦免に動いたのだった。

「なんでも、無双嶽、いえ、寅吉の奴、八丈島じゃ、罪人や島の者たちから慕《した》われていたそうなんですよ」

寅吉は腐っても関脇《せきわけ》までいった力士である。やくざ者に身を落としても、力持ちに衰えはなかった。八丈島に嵐が襲来するたびに駆り出され、暴風雨で破損した家や道、橋の修繕に大層役立ったのだそうだ。また、流人暮らしの間に不行状はなく、役人たちの言いつけに素直に従っていた。これらにより、寅吉は赦免され、西條家の下屋敷に引き取られて、力士として仕えているという。

「そうは言っても、寅吉が力士を廃業したのは十三年も前ですからね、力士としての器量を取り戻す稽古をしつつ、西條家お抱えの力士たちの稽古をつけているそうですよ。大殿さまは、西條家お抱えの力士たちを寅吉に鍛えさせたいようです」

善太郎は言った。

「そうか、ならば、寅吉の奴、相撲取りとしてまっとうな暮らしを始めたということではないのか」

源之助が問うと横で善右衛門もうなずいた。

「ところがですよ」

善太郎は懐中から一通の書付《かきつけ》を取り出し、黙って源之助に渡す。開いて目を通すと、源之助と善太郎を食事に招待したいとあった。相撲取りらしい雄渾《ゆうこん》な筆遣いだ。

「なんだ、これ」

源之助が書付を善太郎に戻すと、

「寅吉に気付かれたんですよ」

「気付かれたとはどういうことだ」

浅草寺で寅吉を見かけた時、善太郎はこっそりと逃げようと思った。ところが、寅吉に見つかってしまった。

「寅吉の奴、あたしのことをしっかり覚えていました。それで、久しぶりだなって声をかけられたんです。あたしもすっ惚《とぼ》けるわけにはいかず、しばらく昔話をしたんですがね」

「それでいいではないか。何も、仕返しをされたわけではあるまい」

「そうなんですがね、せっかく会ったんだ、十年前の礼がしたいからおまえと蔵間の旦那に一献差し上げたいって寅吉が言い出しましてね。それで、明日の夕七つ半に深川富岡八幡宮《ふかがわとみおかはちまんぐう》前の大利根《おおとね》っていう料理屋に来てくれって書付を寄越したんですよ。書付っていうのは、寅吉、その場で矢立ての筆を使って、懐紙にさらさらと書きました。意外に達筆なんでびっくりしましたよ」

不安そうに善太郎は語り終えた。

「お礼参り、つまり、おまえは仕返しを心配しているのだな」

源之助が確かめると、

「そういうことですよ。きっと、十年前の仕返しをしてやろうって、手ぐすね引いて待っているんです」

首をすくめ善太郎は答えた。

「まさかそんなことはあるまい。寅吉は西條家のお抱え力士に戻ったんだぞ。やくざ者のような真似などするものか」

善太郎を安心させようと源之助は笑い飛ばしたが、善太郎の心配はよくわかる。善太郎と自分二人を招こうとは何か下心《したごころ》があってしかるべきだ。

「そうですかね。あたしは、怖くて怖くてかないませんよ」

「取り越し苦労はよせ。いいだろう、どうせ、暇な身だ。ひとつ、馳走になろうではないか」

源之助が応じると、

「ありがとうございます」

善太郎は立ち上がり米搗《こめつ》き飛蝗《ばった》のように何度も頭を下げた。善太郎が腰を落ち着けるのを待ち、

「それにしても、寅吉、律儀《りちぎ》なものではないか」

源之助が言うと、

「仕返しというようなことはしないかもしれませんが、何か含むものがあるんじゃないですかね。だって、お礼をされるような覚えはありませんもの。蔵間さまもあたしも……」

善太郎は首を捻った。

「確かに、礼をされる覚えはない。おまえを連れ戻そうと、寅吉の賭場を摘発してやった。礼どころか、寅吉はわたしに仕返ししてやりたいと恨んでもおかしくはないな」

源之助の言葉を受け、

「蔵間さま、やっぱり、行くのよしましょうか」

恐怖が蘇ったようで善太郎は躊躇《ためら》いを示した。

「やめたところで無駄だ。もし、寅吉がわたしやおまえに仕返しをしようと企《たくら》んでいるのなら、わたしもおまえも素性が知れているのだから、狙う気になれば何時《いつ》だって狙える。気にし過ぎだ。堂々と馳走にあずかろうではないか」

源之助が説得したところで、

「そうだ。蔵間さまのおっしゃる通りだ。大体、おまえね、蔵間さまに同行を頼んでおいて、怖くなってやめますは通らないよ。しっかり、するんだ」

善右衛門が堪《たま》り兼ねたように口を挟んだ。

「そうだね、おとっつあん」

善太郎も己《おの》が卑怯《ひきょう》振りを自覚し、源之助に改めてお願いしますと頭を下げてきた。

「大利根を御存じですか」

源之助は善右衛門に尋ねた。

「近頃評判の料理屋です。料理屋番付で東の関脇を張っていますよ。利根川で採れる大きな鰻《うなぎ》や鯉《こい》が名物だとか」

「寅吉、関脇にかこつけてその料理屋を選んだのかもしれんな。これは、楽しみだ」

源之助は舌なめずりをした。

二

その夕、源之助は八丁堀《はっちょうぼり》の組屋敷に戻った。

艶《つや》やかな春の夕風を胸一杯に吸い込みながら格子戸を開け、

「戻った」

と、声をかける。

が、妻久恵《ひさえ》の声が返されない。普段なら、格子戸を開けただけで出迎えに来るはずなのだが、留守だろうかと視線を落とす。沓脱石《くつぬぎいし》には久恵の草履《ぞうり》が揃えてあった。さては寝ているのかと訝《いぶか》しんだが、寝るには早い刻限だ。第一、源之助の夕餉《ゆうげ》の支度もしないうちに先に寝るとは思えない。玄関を上がり、居間に向かうと、けたたましい赤子の泣き声が聞こえてきた。

「美恵《みえ》」

源之助は孫娘の名を呼んだ。

正月二十日に生まれた初孫である。

「美恵、どうした」

ついつい、ねこなで声をして源之助は居間に入った。すると、

「久恵……」

久恵が苦し気な顔で畳に横たわっている。

「いかがしたのだ」

問いかける間も美恵が火がついたように泣いていた。久恵の介抱を後回しに美恵を抱き上げる。

「よし、よし、ほら、ほら」

笑顔を作って覗き込むと美恵は一層大きな声で泣き始めた。すると、尻の辺りが濡れていることに気付いた。

「おしめを」

苦し気に久恵が声をかけてきた。

「わかった」

答えたものの、おしめなど取り換えたことはない。

居間を見回したところで、庭を突っ切って美津《みつ》がやって来た。美津は、源之助の息子で北町奉行所定町廻り同心蔵間源太郎《げんたろう》の妻、つまり美恵の母親である。

「まあ、お母上さま、どうなさったのですか」

美津は久恵を案じたが、

「久恵よりも美恵だ。小便を漏らしおった」

おどおどとして源之助が声をかける。美津はわかりましたと縁側を上がり、美恵のおしめを換え始めた。その間も久恵を気遣って横目に見ている。

久恵は腰をさすりながら半身を起こした。

途絶えがちな言葉からすると、美恵を抱き上げようと身を屈めたところでぎっくり腰となってしまったようだ。

「なんと、情けないのう」

笑いかけたがそういうわけにはいかない。改めて労《いたわ》りの言葉をかけ、

「医者を呼んでまいる」

と、居間を出ようとした。美津がおしめを取り換えながら、

「お母上さま、本当にすみません」

美恵を任せたことを詫びた。

「いいのですよ」

腰が痛そうだが、久恵はうれしそうだ。

源之助は居間をあとにした。


結局、久恵は鍼《はり》を打ってもらい、しばし、静養することになった。美津が夕餉を作ってくれたが、美津とても子守がある。

「申し訳ございません」

久恵は恐縮することしきりであるが、

「わたしのことはよい、それよりも、ゆっくりと養生を致せ」

労りの言葉をかけ、寝間に布団を敷いてやり、気遣いを示した。

それにしても、初孫ができ、自分でも多少は歳を感じるかと思ったが、以前と変わりはない。いや、自分がそう思っているだけで、他人から見れば老《ふ》けているのかもしれない。

するとと、

「父上」

源太郎がやって来た。

源太郎はいかつい面構《つらがま》えの父とは似ない色白の優男《やさおとこ》ながら、父親譲りの悪を許さない強い信念を持ち八丁堀同心の役目に邁進《まいしん》している。

「母上の見舞いにまいったのですが」

源太郎は久恵を気遣ったが、

「二、三日寝ておれば大丈夫だ」

源之助は心配するなと言い添えた。

「母上に寝込まれては父上も不自由でございましょう。父上が屋敷を空けられる時は美津が面倒を見ます。それから、父上はわたしたちと食事をとってください」

源太郎の申し出を、

「手数をかけるな。だが、わたしの食事のことはよい」

「いかがされるのですか。一膳飯屋ですませるのですか」

「美津の手を煩《わずら》わせるのもなんだ。飯くらい自分で炊《た》く」

源之助は言った。

「父上、飯を炊いたことなどないでしょう」

呆れたように源太郎は返す。

「そんなことはない。味噌汁だって、作ることができる」

否定したものの、この前、飯を炊き、味噌汁を作り、漬物を刻んだことなど、思い出せないくらいに遠い日の出来事だ。

「無理をなさらない方がいいです。母上だって、父上が炊事をなさるなど、心配をなさるだけです」

源太郎の申し出に、

「それもそうかもしれぬな」

意地を張るのはよそうと思った。

「そうしてください」

源太郎が強く勧める。

そこへ、

「邪魔するぞ」

と、玄関で大きな声が聞こえた。

「邪魔な奴が来たか」

源之助は言葉とは裏腹にうれしそうな顔をして、

「邪魔されるぞ」

と、大きな声を返した。

廊下をのっしのっしと足音が近づき、南町奉行所定町廻り同心矢作兵庫助《やはぎひょうごのすけ》がやって来た。南町きっての暴れん坊という評判通り、牛のような容貌で、美津の兄でもあった。

「おう」

威勢よく入って来た矢作は五合徳利を提げている。既に、いい気分に酔っているようだ。酒で赤らんだ顔を向けて、

「姑《しゅうとめ》殿はいかがされた。まさか、舅《しゅうと》殿、逃げられたのではあるまいな」

と言って、豪快に笑い飛ばした。

すると源太郎が、

「母上は腰を痛められたのですよ」

と、孫の美恵をあやしていた時にぎっくり腰になったことを語った。

「そうか、そりゃ、気の毒にな。よし、美津に意見をしてやるか。赤子から目を離すとは何事だってな」

腰を上げて源太郎の家に行こうとしたのを、

「まあ、待て。美津が悪いわけではない」

源之助は引き留めた。

「しかし、美恵の世話を姑殿に押し付けていたのだろう」

矢作は責めるような目で源太郎を見た。源太郎は申し訳ございませんと首を垂れた。

「何も美津が悪いわけではない。久恵とて、初孫が可愛くてならないのだ。だから、世話を焼きたくて仕方がない。それで、いささか、張り切り過ぎたというわけだ」

源之助が宥《なだ》めると、

「ま、そう、親父殿が言ってくれるのなら、おれも引っ込むが、何にしても姑殿には気の毒なことをしたものだな」

矢作は顎《あご》を掻いた。

「そんな大事《おおごと》ではない。騒ぐこともない」

源之助が言うと、

「それにしても、たった一人の赤子が、北町きっての辣腕同心蔵間源之助を慌てさせるとはな」

矢作はおかしそうに笑った。

「それだけ、命というものは尊くありがたいということだろう」

源之助が返すと、

「さすがは親父殿だ、いいことを言うな」

矢作は感心して源太郎を見た。

「まさしく、人の命は尊く、それゆえ我ら十手《じって》を預かる者は心して御用に務めねばなりません」

いかにも源太郎らしい生《き》まじめさを発揮すると、

「おまえは、万事堅苦しくてならん。本当に面白くもおかしくもない男だな」

矢作は失笑を漏らした。

「性分ですから仕方ありません」

源太郎はむすっと唇を引き結んだ。

矢作はふんふんとうなずき、

「親父殿、明日から食事をどうするのだ。親父殿のことだ。飯を炊くことも味噌汁を作ることもできないだろう」

余計なことを言うと源太郎は顔を歪めた。

「馬鹿を申せ、そう言うおまえはどうなのだ」

むっとして源之助が問い返す。

「おれはな、やもめ暮らしが長いから飯を炊くことも味噌汁を作ることもできるさ。親父殿とは違うよ」

矢作は胸を張った。

「やもめ暮らしを自慢するな。早く、嫁をもらえ」

負けじと源之助も言い返した。

「それは言いっこなしだろう」

「言いっこなしではない。この際だ、とくと言ってやる。早く身を固めろ」

言葉通り源之助は語調強く言った。

「余計なお世話だ」

矢作はそっぽを向いた。

「おまえ、女にはからきし意気地がないのだろう」

「なにを」

矢作は拳を握りしめた。

「図星ではないか」

源之助がからかうと矢作は顔を真っ赤にし、立ち上がると憮然として出て行った。

結局、翌二日、源之助は源太郎の家で朝餉を食し、北町奉行所に出仕することにした。

三

夕七つ半になり、源之助は善太郎と共に深川富岡八幡宮近くの料理屋大利根にやって来た。高級料理屋とあって善太郎は羽織を重ねている。評判の料理屋だけあって、店は大層な繁盛ぶりだ。善太郎が女中に訪《おとな》いを入れると、こちらでお待ちですと奥の座敷に通された。

庭からも賑やかな声や音曲《おんぎょく》が聞こえる。石灯籠《いしどうろう》に火が入れられ、篝火《かがりび》が焚かれている。いくつか毛氈《もうせん》が敷かれ、夜桜を楽しむ宴が催されていた。

縁側に立ち止まり源之助は桜を愛でようとしたが善太郎はそんな余裕もなく、庭には目もくれず速足で進み教えられた奥座敷に至った。襖が閉じられている。

「杵屋善太郎です」

善太郎が声をかけると、

「入れ」

野太い声が返された。

善太郎は源之助がそばにいないことに気付き、慌てて周囲を見回す。源之助と目が合うと、早くいらしてくださいと懇願した。

源之助が傍《かたわ》らにやって来たところで善太郎は襖を開ける。

寅吉が待っていた。力士だけあって、紋付の黒羽織に袴を穿き威儀を正しているが常人離れした身体だ。まるで小岩が置かれているようで太い猪首《いくび》に載った顔は眼光鋭く、めっぽう血色が良かった。太い銀杏髷《いちょうまげ》は艶めき、鬢《びん》付け油が香っている。

床の間の前は源之助のために空けていた。

「蔵間の旦那、お久しぶりですな」

寅吉はにこやかに挨拶をしてきた。

「達者そうだな」

源之助は座に着いた。善太郎は座敷の隅に控えていたが、

「早く、座れ」

寅吉に隣の席を指差され、弾かれたように着席をした。

「わざわざ、お呼び立てしてすまんな。善太郎、おれにお礼参《れいまい》りでもされると思った

のだろう」

寅吉に言われ善太郎は首を縦に振ってから慌てて、

「違いますよ」

と、右手を激しく横に振って否定した。

寅吉は笑い、

「隠さなくたっていいさ。おまえじゃなくたってそう思うだろうからな。でもな、違うんだ。ま、飲み食いをしながら話そうぜ」

女中に料理と酒を運ぶよう頼んだ。

料理を食べ始めると善太郎は夢中になって飲食に集中した。

「寅吉、いや、無双嶽と呼んだ方がいいか」

源之助は話の口火《くちび》を切った。

「寅吉で結構ですよ」

寅吉は笑顔で応じる。源之助はうなずくと、

「西條さまのお抱え力士に戻ったそうではないか。八丈島でも、よき働きをしたようだな」

「大殿さまには恩返しをしなければいけねえよ」

寅吉は神妙に答えた。

「殊勝な心がけだな。それで、若い者に稽古をつけているということか」

「まあ、やってるよ。物になる奴は少ないがな」

寅吉は言った。

「それで、わたしに用向きとはなんだ」

源之助は箸を置いた。

寅吉は居住まいを正し、

「蔵間さんにお引き受け願いたい御用があるんだ」

「御用といってもな、わたしは、おまえが八丈島に流されておった時、失策をしでかしてな、今は両御組姓名掛という閑職にあるのだ」

自嘲《じちょう》気味な笑みを浮かべ源之助は言った。

両御組姓名掛の仕事は、南北町奉行所の与力《よりき》、同心の名簿作成である。本人や身内が死亡したり、縁談があったり、子供が生まれたりした時に、その都度《つど》、資料を追加していく。いたって、閑《ひま》な部署である。このため、南北町奉行所合わせて源之助ただ一人という閑職なのだ。

人呼んで居眠り番である。

「聞いたよ。本当にひでえ話だ。でも、そのお蔭で御奉行所を通さなくても御用をお引き受けしていただけるようになったって、喜んでいる者もいるようじゃねえか」

寅吉は源之助の影御用を知っているようだ。

「頼まれることによるな。銭金《ぜにかね》ではやらん」

きっぱりと源之助は答えた。

「なら、頼みを言うぜ」

寅吉が改まって要請した御用とは、

「八丈島で一緒だった瓢吉って男の濡れ衣を晴らしてやって欲しいんだ」

と、言った。

「瓢吉……」

源之助には心当たりがない。

「瓢吉という男、なんのとがで島流しになったのだ」

源之助の問いかけに、

「盗みだよ。瓢吉が奉公していた深川の小間物問屋豊州屋《ほうしゅうや》から五十両を盗んだという罪だぜ」

寅吉が語るところによると、瓢吉は深川にある老舗《しにせ》小間物問屋豊州屋出入りの飾り職人であった。三年前の春、豊州屋の主人吉次郎《きちじろう》が奉公人たちを慰労しようと、花見を盛大に催そうとした。

ところが、五十両が信玄袋《しんげんぶくろ》から消えている。さては泥棒に入られたのかと騒がれたが、瓢吉の柳行李《やなぎごうり》から五十両が見つかったのだとか。

「瓢吉は自分はやっていないと濡れ衣を訴えたんだが、お役人には聞き入れられず、島流しになったってこった」

苦々し気に寅吉は顔を歪めた。

「たとえ濡れ衣にしても、五十両を盗んで島流しというのはげせんな」

源之助が訝しんだように、この時代、「十両を盗めば首が飛ぶ」と言われている。それが五十両盗んだ罪で島流しというのはいかにも軽い。

「豊州屋の旦那が温情を奉行所に訴えたんだよ」

吉次郎は瓢吉を捕縛した南町奉行所に温情を施してくれることを強く訴えたのだぞうだ。

「瓢吉は豊州屋の主人から信頼されていたのだな」

「それはもう、たいそう見込まれていたようだ」

大きく寅吉は首を縦に振った。

「その瓢吉が五十両を盗んだことに吉次郎はどう思っていたのだろうな。飼い犬に手を噛まれたような心持ちだったのではないか。だとしたら、可愛さ余って憎さ百倍となってもおかしくはないと思うが」

源之助の疑問に寅吉はうなずき、

「吉次郎が瓢吉の助命を嘆願したのは、娘のお結に頼まれたからなんだ」

「娘がか……」

「お結と瓢吉は惚れ合っていた。所帯を持ちたいって吉次郎に頼んでいたんだ」

ところが、出入り職人に娘を嫁がせるわけにはいかないと吉次郎は反対した。どうしてもお結は瓢吉と一緒になると決意していたそうだ。許してくれなかったら、二人は駆け落ちも辞さない覚悟だったとか。

「瓢吉は絶対五十両もの金を盗んでなどいないと、強く否定したんだ。だけど、認められなかった」

「お結はどうなった」

「瓢吉の無実を訴え続けたんだが、島流しになってから吉次郎が婿《むこ》をとらせたとよ」

「婿とは」

「豊州屋の手代で伊三郎《いさぶろう》という男だよ。吉次郎に見込まれた、大層な働き者だそう

「するとお結は豊州屋の女将《おかみ》になっているということか」

「吉次郎はまだ店を譲っていないが、実質は伊三郎とお結に任せているそうだぜ。吉次郎は昨年の秋に病で倒れ、寝たきりってことだからな」

お結は豊州屋の女将として頑張っているのだろう。

「瓢吉は赦免にはならなかったんだな」

源之助が問いかけると、寅吉は寂し気な目をし、

「二年前の嵐でな、大怪我をして、それが元で死んじまった。あいつは、息を引き取るまで自分は盗んでなどいないって言っていたよ。その声は今も耳の奥に残っているぜ。それによ、あいつ、おれの子分の一人に瓜《うり》二つだったんだ。特に笑うとな。おれはその子分を可愛がっていたから、瓢吉に子分の面影《おもかげ》を重ねてしまったんだ。もちろん、外面がそっくりなだけで、人柄は似ても似つかないどころか、正反対だ。実直な飾り職人とどうしようもねえやくざ者だからな」

懐中から手拭を取り出した。それを源之助の前に置き、包みを開いた。鮮やかな朱色の玉簪《たまかんざし》が出てきた。

「これは、瓢吉がお結のためにって丹精を込めてこさえた簪だ。島流しになった時、

お結は瓢吉に返したんだ。自分だと思ってくれということだったんだろうぜ」

寅吉の目が潤《うる》んだ。鬼の目にも涙とは熊殺しの寅吉のためにあるのかもしれない。

「むげえ」

善太郎が嗚咽《おえつ》を漏らし、袖で涙を拭う。

「蔵間さん、おれは、瓢吉の濡れ衣を晴らしてやりてえんだ。それが、せめてもの瓢吉への供養になるってもんだからな」

一息に語ると寅吉は声を詰まらせ、袖で目頭《めがしら》を押さえた。

「わかった、引き受けよう」

源之助は首を縦に振った。

「これ、持っていってくれ。お結に返してやって欲しい」

寅吉は簪を源之助に手渡した。

「それは構わぬが、おまえの手から返してやればいいではないか」

源之助が言うと、

「いや、おれはな、島帰りだ」

寅吉は袖を捲《まく》った。入れ墨がある。

「しかし、今は西條さまのお抱え力士に戻っておるではないか」

「だがな、おれはどうも苦手だよ、ああいう乙《おつ》にすました小間物問屋っていうのはな」

寅吉が言うと、

「確かに豊州屋さんといえば、老舗の小間物問屋ですよ。水戸《みと》さまの御屋敷にも出入りしているってお店ですよ」

善太郎が言った。

「だから、おれよりはきちんとした者が行くのがいいと思ってな。おれがお結を訪ねて行ったら、それこそ、強請《ゆす》り、たかりと思われてしまうぜ」

寅吉はがははと笑った。

「かつての、あらくれ者、熊殺しの寅吉もずいぶんと丸くなったもんだな」

源之助も笑い返すと、

「おれもな、西條の大殿さまに救われなきゃ、八丈島の砂になっていたんだ。しかも、おれは濡れ衣で島流しになったわけじゃねえ。それを思うと瓢吉が哀れでな」

「よし、任せろ」

快く源之助は引き受けた。

「よろしく頼みます」

寅吉は神妙に頭を下げた。

四

明くる三日、源之助は久恵の腰痛を気遣いながらも、組屋敷を出た。

その足で、深川の小間物問屋豊州屋を訪ねた。豊州屋の店先には女ばかりか、男の客も大勢いた。どこかの武家の侍女らしき女もお嬢さまの付き添いでついて来ている。色とりどりの簪や櫛、笄《こうがい》などの髪飾りをはじめ、煌《きら》びやかな小間物が並べられている。

帳場机には女が座っていた。奉公人に素性を告げ、女将のお結に会いたいと告げると、奉公人は帳場机に座っている女に取り次いだ。

お結は店で接客をしているようだ。

お結は立ち上がり、源之助の前にやって来ると頭を下げ、

「どうぞ、奥に」

と、丁寧に要請してきた。

地味な紫地の小袖ながら桜をあしらった裾模様が小粋だ。髪を飾る、鼈甲《べっこう》の簪もよ

く似合っており、小間物問屋の女将らしい。ただ、くりくりと輝く黒目がちな瞳に乙女の名残《なごり》があり、小柄な身体と相まって嫁入り前の娘だと言われても納得してしまう。

お結の案内で店の奥にある客間で面談に及んだ。

「本日まいったのは、瓢吉のことなのだ」

源之助が言うとお結の目は少しだけ揺れたが、じきに表情を落ち着かせ、

「瓢吉さん、亡くなったと聞きました」

しっかりとした口調で答えた。

「二年前だそうだ。最期まで無実を訴えていたそうだぞ」

源之助は寅吉から託された簪を前に置いた。お結は一瞥《いちべつ》しただけで手に取ろうとはしなかった。

「実はな、このたび赦免船で江戸に戻って来た者の一人から瓢吉の無実を明かして欲しいと頼まれてやって来たのだ」

源之助は言った。

お結は無表情で、

「それは、ご苦労さまでございます。ですが、あの一件は南の御奉行所で瓢吉さんが盗んだとお裁きが下《くだ》っております。今になって、北町がお調べをやり直すということ

でございましょうか」

「北町が御用として行うのではない。わたしが、個人で、その、今申した者の依頼で調べ直すのだ」

源之助が答えると、

「さようでございますか」

まだ不審感が拭えないのが、お結の目の緊張からわかる。

「そなたとて、瓢吉が五十両を盗んでなどいないと信じておったのであろう」

「はい」

「ならば、瓢吉の濡れ衣を晴らしてやることで、供養《くよう》としたくはないか」

「それは、強く思います。わたしも瓢吉さんが無実であったと今でも信じております」

「ならば……」

「おやめください」

お結は強い口調で訴えかけてきた。

「調べるなと申すか」

「今更、瓢吉さんの濡れ衣が晴れたとて、瓢吉さんは生き返りません」

「それはそうだが、このまま汚名にまみれたままでは、瓢吉は成仏《じょうぶつ》できておらぬのではないか」

正直、源之助は意外な気がした。

お結ならば諸手《もろて》を挙げて賛同し、五十両の盗難を調べ直してくださいと勇んで頼むとばかり思っていたのだ。

「お言葉ですが、三年前とは違います。今更、あの盗みを調べ直すことは色々と厄介事が起きるかもしれません」

「厄介事とは、五十両を本当に盗んだ者が迷惑をするということか」

「必ずしもそうではありません。父はこのところすっかり病がちでございます。わたしと夫で豊州屋の暖簾《のれん》を守っていかなくてはならないのです」

わかってくださいとお結は訴えてきた。

どうにも理解できない。たとえ、結ばれなかったとしても、本気で惚れ合った男の濡れ衣を晴らすことが豊州屋にとって不都合なのか。

「ならば、盗みの一件を蒸し返すことは豊州屋にとっては迷惑ということなのか」

源之助が尋ねると、

「迷惑でございます」

毅然とお結は答えた。

源之助は口をつぐんだ。

「せっかく、おいでくださいましたのに、大変に失礼なことと存じますが、盗みを調べ直すのはおやめください」

お結は頭を下げた。

「そなたの気持ちはよくわかった。だがな、これを依頼した者がおるからには、わたしも引くわけにはいかん」

「畏《おそ》れながら、蔵間さまはそのお方より多額の依頼金を受け取られたのでございますか。だとしましたら、そのお金はわたしが立て替えさせていただきます。いえ、上乗せしてもよろしゅうございます」

金目当てであろうという蔑《さげす》みの目をお結はした。

「無礼なことを申すな。わたしは、一銭たりとも銭金を受け取っておらん」

胸を張り、源之助が言い返すと、

「ならばどうしてお引き受けになられたのですか。会ったこともない瓢吉さんへの同情ですか」

「いかにも、同情で引き受けた。が、今はそれだけではない」

源之助はお結を見据えた。

お結は唇を引き結んだ。黒目がちな瞳のため、か弱さを漂わせているが表情が引き締まると老舗小間物問屋の女将の風情を感じさせた。

「意地だ。八丁堀同心としてのな。瓢吉がまこと五十両を盗んだのかどうかを含めて真相を明らかにしたくなった」

「そんな……」

お結は口をあんぐりとさせた。

「わたしは、少々、いや、大いにへそ曲がりでな。やるなと言われたらやりたくなるのだよ」

源之助は笑った。

しばらく源之助を見ていたお結であったが、

「それは、まことご苦労さまでございます」

乾いた口調で言った。

「邪魔をしたな。そうだ、瓢吉の身内を教えてくれ」

「おりません」

「どういうことだ」

「瓢吉さんはお袋さまと二人暮らしでしたが、瓢吉さんが八丈島に送られて翌年、お袋さまは病で息を引き取られたのです」

この時ばかりはお結は神妙な顔つきとなった。

「そうか、ならば、母親の供養のためという理由も加わったというものだな」

源之助は立ち上がった。

ふと、畳の上に置かれたままの簪に視線を落とし、

「その簪、好きにせよ。わたしはともかくそなたに返した」

と言い置いて、客間を出た。

するとお結が追いかけて来て、源之助を呼び止めた。源之助が振り返ったところで懐紙に包んだ簪を差し出し、

「どうぞ、お持ち帰りくださいまし」

丁寧な言葉遣いだが、強い意志を感じさせる。瓢吉のことは忘れた、最早《もはや》関わりたくないということだろう。

源之助は黙って受け取り、懐に入れた。

瓢吉の失望が籠っているようで、ずしりと重く感じた。お結は客間に戻った。歩き出したところで男とすれ違った。

男は廊下の端《はし》に退《の》いて道を空け、丁寧に腰を折った。羽織を着ていることから豊州屋の主人伊三郎と思われた。細面《ほそおもて》で利発そうな顔だち、いかにも仕事ができそうである。

豊州屋を出た。

当てがはずれた。お結から、五十両盗難の経緯を十分に聞けると思っていた。ともかく、盗難事件の経緯を調べねばならない。それには、南町奉行所に行けばいいだろう。

しかし、どうにも気分が晴れない。

感謝されたいとは思わないが、なんだか、瓢吉が可哀そうになってきた。八丁堀同心の意地だとお結には言ったが、息子の身を案じたであろう母親も死んだとなると意地や誇りよりも瓢吉への同情心が強まった。

「よし」

まずは、瓢吉が住んでいたという長屋に向かった。

昼に至り、大川《おおかわ》に面した佐賀町《さがちょう》の長屋にやって来た。佐賀町は大川に近いことから、川風が強い。それでも中天に日輪があり、長屋は陽当たりがいいときているので、苦にはならない。

源之助は大家の定吉《さだきち》の家を訪ねた。定吉は番小屋の中で将棋を指していた。男たちが周りにいて、あれこれと野次を飛ばしている。

「大家さん、金《きん》が危ないよ」

とか、

「そこはまずいな」

などとからかいの言葉をかけられ、

「うるせえんだよ。素人《しろうと》は引っ込んでろ」

定吉は茹蛸《ゆでだこ》のようになって怒鳴っていた。

「大家さんだって、素人じゃねえか」

どうやら、将棋相手も野次馬たちもこの長屋の住人だ。

「さあ、これでどうだ。王手」

相手が王手を宣言した。

「ああ、駄目だぜこりゃ」

「決まりだな」

野次馬に言われ、

「畜生、覚えてやがれ」

定吉は盤面を掻き回した。

「なら、大家さん、今月分は待ってくれるな」

相手に言われ、定吉はしかめっ面でうなずいた。男たちが去ってからようやくのことで、定吉は源之助に気付いた。

「これは、失礼しました」

ぺこりと頭を下げる。

源之助は取りちらかった将棋の駒を拾い、将棋盤にきちんと並べた。定吉は恐縮した。並べ終えたところで、

「今日はな、瓢吉のことで尋ねてまいったのだ」

と、言った。

「瓢吉のことで」

定吉は何度かうなずいた。

「母親と二人暮らしであったのだな」

「お福《ふく》さんも気の毒なことに、二年前に病で亡くなったんですよ」

涙もろいのか、目に涙を浮かべ定吉は言った。

「瓢吉は盗みを働いて八丈島に流された。瓢吉は死ぬまで盗んでなどいないと訴えておったとか」

「わたしもそう思います。瓢吉の奴は、とにかく真っ直ぐな男でございました。盗みなんぞ、するはずございません」

定吉は言った。

その表情には微塵《みじん》の揺らぎもない。

五

「瓢吉、どんな男だったのだ」

源之助の問いかけに定吉は懐かしそうに目を細めた。それから、

「とにかく、親切な男でしたね。人が困っているのを見ると黙っていられないっていいますかね、それだけじゃなくって、頼まれてもいないのに、長屋のおかみさんたちのために力仕事を手伝ったり、手先が器用でしたんでね、それで、棚を作ってやったり、そりゃもう、大変に重宝《ちょうほう》がられて、それだけじゃねえ、みんなから慕われてい

ましたよ。子供たちをよく遊んでやっていました」

一旦話し出すと、定吉は止まらなくなった。

瓢吉の人となりの素晴らしさを物語っており、それだけに、盗みは濡れ衣ではないかという思いが突き上がる。

「実はな、ある者の依頼で瓢吉の濡れ衣を晴らすよう頼まれた。奉行所の御用とは別にな」

源之助が言うと、

「そうですか。そりゃ、お福さんも草葉の陰で喜ぶことでしょう」

定吉は言った。

「そなたも、瓢吉の無実を信じるのであろう」

「もちろんですよ。そりゃ、人は見かけによらないとか出来心ってことはありますけどね、瓢吉に限ってそんなことはありません」

定吉は南町の取り調べに対してもそのことを強く訴えたのだそうだ。

「それが盗んだと裁かれてしまったというわけか」

源之助は言った。

「よくわかりませんが、お福さんが病に臥せっていたってことも考慮されたのだと思いますよ」

要するにお福の薬代欲しさにというもっともらしい動機をでっち上げられたのだという。

「そんなに悪かったのか」

「飯も咽喉《のど》に通らなくなって、すっかり痩せ細っちまいましてね」

軽く舌打ちをして定吉は答えた。

お福は相当に弱っていて孝行息子の瓢吉はお福のために高価な高麗人参《こうらいにんじん》を買っていたという。

「その金はどうやって工面《くめん》したんだ」

「瓢吉は腕のいい職人でしたからね、多少の借金はあったでしょうが、工面できたようですよ。特に豊州屋の旦那には相当に買われていましたからね。瓢吉のこさえる飾り物はお客の評判がいいってことでしたからね。だから、旦那にしたら、その瓢吉が五十両を盗んだってことにかなり驚きと落胆ぶりを示しておられたってことですね」

「瓢吉はどんなに困っても、他人の金に手を出すような男ではないということだな」

源之助が念押しをすると、そうだと定吉はうなずいた。すると、

「おまいさん、いい加減におしよ」

腰高障子が開いて中年の女が入って来た。女は定吉の女房であった。

女房は源之助を見てぺこりと頭を下げ、

「いくら、負けてばかりって言ったたって、八丁堀の旦那相手に将棋を指すことはないじゃないのさ」

「馬鹿、こちらはな、将棋を指しにいらしたんじゃない。瓢吉のことでいらしたんだ」

「ええ、瓢さんの……」

「瓢吉が濡れ衣だったたってことをな、晴らしてくださるんだ」

「まあ、そうかい」

女房は絶句した。

次いで、

「お役人さまの中にも、瓢さんの濡れ衣をわかってくださるお方がいるんだね。お役人さま、瓢さんの濡れ衣、晴らしてやってください」

女房は涙ぐんだ。

「馬鹿野郎、おまえまでめそめそしやがって」

夫婦そろってみっともないところをお見せしてと定吉はわびた。

「みんなもきっと、喜ぶよ」

女房は長屋の女房たちも瓢吉の濡れ衣を信じていると言い添えた。

長屋を訪ねてよかった。

瓢吉の人となりがはっきりとしたのだ。

源之助は長屋を出た。


次いで南町奉行所にやって来た。

夕暮れ近くとなり、矢作兵庫助が戻っていた。表門脇にある同心詰所を覗くと、

「どうした」

矢作はうれしそうに声をかけてきた。

「実はな、例繰方《れいくりかた》で吟味の書類を見せてもらいたい一件があるんだ」

源之助が言うと、

「なんだ、親父殿。また、影御用か。おれも一口、かませろ」

矢作は大乗り気となり、どんな一件だと興味津々《しんしん》に尋ねてきた。

影御用とは源之助の敏腕を頼って持ち込まれる、奉行所が介在しない御用である。

老中《ろうじゅう》、大名、旗本、町人、身分の上下を問わず、また、大事件、小事件関係なく

様々な相談事が持ち込まれる。時に報酬もあるが、決して銭金、ましてや栄達のために引き受けてはいない。意地と矜持《きょうじ》から探索を行い、影御用を行うことで八丁堀同心であり続けている。

「盗みだ」

「どんな盗賊どもだ」

「三年前、深川の小間物問屋豊州屋から五十両を盗んだ一件があっただろう。出入りの飾り職人が下手人《げしゅにん》として捕縛され、八丈島に流された一件だ」

源之助が影御用の中味を明かすと、

「そんな一件があったかな」

矢作は首を傾げた。

「あったんだ」

強く断じると、

「で、それから」

矢作は話の続きを促した。

「だから、その一件の吟味《ぎんみ》、裁許《さいきょ》を記したお仕置き裁許帳が見たいのだ」

源之助は申し出た。

「なんだと、まさか、そんなちんけな一件を親父殿、どうしようというのだ」

「事件にちんけも何もない」

「そりゃ理屈だがな」

矢作は不満足な様子だ。

つい最近にも、源之助は将軍実父一橋治済《ひとつばしはるさだ》相手の影御用を担ったばかりなのだ。それが、今回は市井《しせい》で起きた盗みを扱うとは矢作ならずとも疑問に思うことだろう。

「下手人として八丈島に島流しになった瓢吉という飾り職人、濡れ衣を着せられた疑いがある。今回はその濡れ衣を晴らしてやりたい。もちろん、濡れ衣であるかどうかはわからないが、それを含めて調べ直す」

源之助は言った。

「誰に頼まれたんだ」

「八丈島で瓢吉と一緒になった男だ。その男は赦免されて戻って来た。ところが、瓢吉は八丈島で死んでしまったのだ」

「ふ〜ん、まあ、親父殿の気持ちがわからんこともない。よし、裁許帳を持って来るから待っていてくれ」

矢作は詰所を出て行った。

縁台に腰を下ろし、矢作を待つ。

武者窓の格子の隙間から覗く桜を眺めていると退屈しない。

すると、羽織、袴の侍が立ち止まって源之助を見ている。身形《みなり》からして、与力かもしれない。

立ち上がって一礼すると、

「そなた、北町の蔵間源之助だな」

と、声をかけられた。

「はい、蔵間です」

「やはりそうか。そなたの高名はよく耳にしておる。わしは、南町奉行内与力《うちよりき》小木曽《おぎそ》六右衛門《ろくえもん》と申す」

内与力とは奉行個人の家来で、町奉行所と奉行のつなぎ役を務める。小木曽は源之助を見てから、

「そうじゃ。そなたに頼もう」

と、独り事を呟くと、

「そなた、明日の昼九つ、芝《しば》の妙感寺《みょうかんじ》に来てくれぬか」

「それはかまいませぬが、どのような」

すると、

「すまぬが、他言無用のことなのだ。来ればわかる」

秘密めいた返事をした。

「承知しました」

ともかく、話くらいは聞いてもいいだろう。

「ならば、これでな」

小木曽は足早に去って行った。

しばらくして矢作が戻って来た。お仕置き裁許帳を源之助に渡した。その際、ちゃんと豊州屋盗難の一件を開いてあった。受け取り、目を通す。

「担当したのは大木《おおき》さんだな」

大木は年長の同心で、温厚、生まじめを絵に描いたような人だと矢作は言った。

「大木柿右衛門《かきえもん》殿か」

「そう、仏《ほとけ》の柿さんだよ」

「今日はおられないようだな」

詰所を見回す。

「このところ、病がちでな」

矢作は言った。

ともかく、事件の詳細を読んでみた。

それによると、事件が起きたのは三年前の弥生一日、豊州屋では料理屋大利根で奉公人たちを慰労しようと花見の宴を張った。その際、出入りの職人たちも招かれた。留守番をしていたのは、年輩の女中と下男で、二人とも先代から仕えている信用のおける者たちであったそうだ。

五十両がないとわかったのは、宴が終わって、支払いの時だった。豊州屋吉次郎は日頃はけちと評判だったが、この日は大盤振る舞いをするつもりで、小判で五十両を信玄袋に入れて持参したのだった。

その場で五十両の金が探されることになった。吉次郎は、穏便にすませようと奉行所には届けないことにして、大利根の座敷で待つからそっと届ければ不問に付すことにした。

下手人《げしゅにん》が現れることを吉次郎は願ったのだった。

ところが、名乗り出る者はなかった。

そこで、番屋に届けられ、大木が立ち合って、持ち物と身体検査が行われた。

その結果、瓢吉の柳行李から五十両が見つかったのである。当日、瓢吉は柳行李の中にできあがった飾り物を入れ、豊州屋に届けたのだった。その帰りに花見に誘われたとあって、空になった柳行李の中から五十両の紙包みが見つかったのである。

吉次郎は用心深く、一緒の毛氈で花見をしていた番頭与一《よいち》と娘お結に、毛氈から離れる際には信玄袋の監視を頼んでいたそうだ。ところが、宴が盛り上がれば席は乱れる。誰かが、吉次郎や与一、お結に気付かれないように五十両を盗むことは可能であった。

六

「どうも、瓢吉に旗色が悪いように思えるな」

矢作は言った。

源之助も認めざるを得ない。

「ただな、お結の言葉が気にかかる。お結はな、今更、蒸し返すと迷惑する者がいると申した」

「すると、お結は真の下手人を知っているということか」

矢作がいぶかしんだ。

「そうかもしれぬな。それにしても、女というのはな」

源之助は嘆いた。

「どうしたんだ」

「お結の態度だ。あれほど好き合った瓢吉のことも、さばさばとしたものだ」

「それが女というものだろう」

矢作は乾いた声で言った。

「ともかく、盗みをもう一度洗い直してやる」

「今回はおれが手伝うことはないな」

残念そうでないのは、今回は盗みという小さな事件だからだろう。

「うむ。わたしだけで十分だ」

「ところで、瓢吉の濡れ衣を晴らして欲しいと頼んできたのは誰だ」

「無双嶽こと熊殺しの寅吉だ」

源之助が静かに答えると、

「ほう、熊寅がな。そういえば、あいつ西條さまのお抱え力士に戻ったんだな」

「そうだ。あらくれ者が、真人間になったとは言わんが、以前よりはずいぶんと増《ま》しになったようだぞ」

「でないと、赦免されんな」

矢作は腕を組んで唸った。

「ともかく、やってみるよ」

源之助は南町奉行所をあとにした。


夕闇迫る中、八丁堀に向かって帰宅の途についていると、

「蔵間さま」

と、女から声をかけられた。

源之助の息子源太郎が手札を与えている岡っ引き京次《きょうじ》の妻、お峰《みね》である。三味線《しゃみせん》を抱えているように、お峰は神田三河町《みかわちょう》で常磐津《ときわづ》の稽古所を営んでいる。いわゆる小股の切れ上がったいい女で、稽古所はお峰目当てに通う男たちで繁盛している。

「おお、どうした」

立ち止まって返事をすると、

「この界隈で常磐津の稽古を頼まれましてね」

何処《どこ》へとまでは言わなかったが、八丁堀界隈で暇を持て余す大店《おおだな》の御隠居あたりに頼まれ、お峰は出稽古にやって来た帰りのようだ。挨拶を交わして別れようとしたが、

ふと、お峰に女心というものを聞いてみたくなった。

「茶でも飲むか」

「おや、蔵間さまがお誘いくださるなんて、お珍しい。こりゃ、断れっこありませんね」

お峰が承諾すると源之助は目に付いた茶店に入った。縁台に並んで腰かけ、茶と草団子を食べてふうっとため息を吐く。

「どうしたんです」

「ちょっと、教えて欲しいことがあってな」

「三味線ならいくらでも教えて差し上げられますが、他のこととなると、お教えなんてできませんよ」

「そんなことはない」

まじめに返す源之助にお峰は首を傾げ、問いかけを待った。

「女心についてだ」

「はあ……」

益々、お峰は困惑し、次の言葉に備えるように口を閉ざした。

「女というものは、好き合っていた男をあっさりと忘れられるものだろうか」

前を向いたまま源之助が問いかけると、

「どうなさったんです」

お峰は問い返してきた。

「いや、探索中の事件でな、気になる男と女がおってな、何せ探索のことであるゆえ、詳しくは申せぬのだがな」

曖昧《あいまい》にしか、しかも、苦手な男と女の機微についての問いかけとあって、うまく説明できず、我ながらもどかしい。自分ももどかしいのだから、相談を受けたお峰はさぞや戸惑っていると思いきや、

「そりゃ、男次第ですけどね。別れた相手ってことですか」

さばさばとした口調でお峰に訊かれ、

「無理に仲を裂かれたのだ。添い遂げたいと想いを募らせていた男と別れさせられ、好いていない男と一緒にさせられた」

「どういう事情だかわかりませんけど、わたしなら、我慢できませんね。無理やりくっつけられた男の下を飛び出して、惚れた男の胸に飛び込みますけど」

「それがな、惚れた男は死んでしまったとしたら、どうだ」

ここで源之助はお峰に向いた。

お峰は小さくため息を吐き、

「死んでしまったら、しょうがありませんよ」

「しょうがないとは、諦めるということか」

「諦めるもなにも、忘れてしまいますね。だって、夫婦になっているんでしょう」

「そうだがな……。忘れられるものか」

「そりゃ、初めのうちは惚れた男のことが胸を去らず、朝も夜も泣き暮らすでしょうが、時が過ぎれば、目の前の暮らしってもんがありますからね」

「忘れるものか」

「去る者、日々に疎《うと》しですよ」

「そういうものかな」

源之助は苦笑を漏らした。

茜《あかね》に燃える夕空を燕《つばめ》が番《つがい》で飛んでゆく。なんとも知れぬ気怠《けだる》さが押し寄せてきた。

第二章　土俵外の喧嘩

一

まずは、盗みの探索の前に南町奉行の内与力小木曽六右衛門と会うことになった。

四日の朝、指定された妙感寺に行くと、山門を入ったところで小坊主が近づき、

「小木曽さまは庫裏《くり》の書院でお待ちです」

と、案内に立った。

さほど広くはない境内を横切り、庫裏へと向かった。玄関に着くと、小坊主は去って行った。

廊下の奥に書院はあった。

庭に面してはいるが、枯山水であるため桜を愛でることはできないものの、春光を

照り返す白砂にいい具合に苔生《こけむ》した奇岩が幽玄の世界を醸《かも》し出し、厳《おごそ》かな気分に浸れた。

「すまぬな。北町の同心殿を呼び立てて」

小木曽の言葉に一礼し、

「ご存じのごとく、至って暇な身でございますので、どうかお気になさらず」

用向きへの期待を言外に臭わせ源之助が返事をすると、小木曽はうなずき、複数の書状を差し出した。両手で受け止め、中を見る。いずれも、宛名は南町奉行岩瀬伊代守《いわせいよのかみ》である。内容は不穏なものばかりで、裁きの間違いにより、いつかおまえが裁かれることになると脅し文句が書き連ねてあった。

「恐喝《きょうかつ》の文でございますな」

一通り目を通してから小木曽に書状を返した。

「こうした脅しの文はたまに見受けられるものゆえ、御奉行も気に留めるなと仰せなのだが……」

小木曽はあくまで自分が個人的に心配して源之助に相談したと言い添えた。

「同じ者の筆遣いではないようでございますな。ある者が複数の者を使って書かせたともとれますが」

源之助の考えに小木曽はうなずき、

「まさしく、そなたの考え通りであろう。何者かが悪意を持って御奉行を脅しておる」

小木曽は眉間に皺を刻み、二通の書状を取り出した。

「これは、ごくごく新しい脅迫の文である」

岩瀬伊代守が犯した間違った裁許の一覧だそうだ。

開くと、殺しと盗みの一件がある。それらの中には豊州屋の一件もあった。どきりとしたが顔にも言葉にも出さずにおいた。

「いずれも吟味を尽くしたもので、吟味方与力に問い合わせもし、実際の取り調べに当たった同心どもの意見も確かめた。すると、裁許に間違いはないという返事であった。が、どうも、曖昧というか自信なさげな裁許が殺しと盗みで各々一件あったのだ。しかも、この二通の書状、同じ筆遣いじゃ」

小木曽に言われ、二通を見比べると、ひどい金釘《かなくぎ》文字ながら、同じ者の手になると思われた。おそらくは、同じ人間が筆跡を誤魔化すため、わざと下手《へた》に書いたのだろう。

「なるほど、同じ者が送った文と思われます」

源之助が言うと、

「他の脅迫文は悪戯《いたずら》、嫌がらせの類《たぐい》だと無視してもよいが、この二通は気になるのじゃ。まずは殺してあるが」

小木曽は深川永代寺《えいたいじ》門前にあった学問所の、古川伊織《ふるかわいおり》殺害の一件を説明し始めた。古川は国学者、浪人の身でありながら、日本の歴史、古典への造詣《ぞうけい》の深さから、様々な大名屋敷に招かれて講義を行うことがあった。深川界隈では名の知れた学者であった。

古川を殺したのは木下又右衛門《きのしたまたえもん》という弟子で、木下もまた浪人であった。日頃から古川と木下は様々な学説を巡って論争を活発にしていたという。

あくまで学問熱心なあまりの争いであったが、木下が水戸徳川《とくがわ》家への仕官が内定したのが契機となり、両者には学論の枠をはみ出した、喧嘩沙汰まがいの言い争いが起きるようになった。そんな矢先、三年前の皐月《さつき》のこと、なんの理由も告げられないまま、突如として木下の仕官が取り消しとなった。

木下が水戸家に何度も問い合わせた挙げ句に返って来た返事は、木下の行状がよろしくないということだった。

「木下には心当たりがないことだったそうじゃ。実際、門人たちの話では、木下は酒も飲まず、ひたすら学問に明け暮れていたという。そんな木下を師の古川は内心では疎《うと》ましく思っていた。それが水戸家に仕官が決まり、木下は鼻高々となり、古川の木下への嫌悪が募った。木下は器量が悪く、それゆえ、女房に逃げられたと酒席でなじったこともあったという。また、下戸《げこ》の木下に無理やり酒を飲ませたそうじゃ。木下は手こそ出さなかったが、古川を罵倒した。それ以来、二人の仲はぎくしゃくとしだした」

そんな折の水戸家仕官の取り消しとあって、木下は古川の讒言《ざんげん》によって仕官ができなくなったと判断した。

「木下に古川を殺す動機は十分にあったということですな」

源之助の問いかけに小木曽はうなずき、

「それで、三年前の皐月十五日の晩、古川は自宅兼学問所の書斎で殺された。心の臓を包丁で刺されていた。通いの下男が帰っていいか確かめようとして書斎に行ったところ、書斎から出て来た木下と遭遇した。木下は先生が殺されていると訴えた」

しかし、木下の手は血で汚れていたことから疑われ、自身番に引っ張られた。木下は水戸家仕官取り消しは古川の差し金かと抗議に行っただけだと答えた。

「古川が刺されているのを見て動転し、助けようと抱き起こして血が付いたと申し開きをしたが、不信感は拭えなかった」

木下は南町奉行所で吟味をされ、無実を訴えた。しかし、身の潔白を明かすことはできず、師殺しの罪で打ち首となったそうだ。

「木下が殺したという証《あかし》はあったのですか。確かに、殺しの場に立ち入ったことは事実でしょうが、それ以外に証はあったのですか」

源之助は疑問を呈した。

もっともな問いかけであるなと小木曽は言ってから、

「下男の証言だ。木助《きすけ》という下男であったが、木助によると、学問所がお開きとなったのは暮れ六つ、木下がやって来たのは暮れ六つ半、その間に学問所に出入りした者はなかったということだ」

「その証言が決め手となったのですな。して、今、木助は何処におりますか」

「それから、半年後に病で死んだ。申しておくが、木助の死に不審な点はなかった。木助は身寄りはないため、無縁寺に葬られた」

「木下に身内はおりますか」

「いや、おらん。天涯孤独の身であったようだ」

「そうでした。酒席で古川から醜いゆえ、女房に逃げられた、とけなされたのでしたな。すると、木下が無実であると投書しているのは身内ではないということですか」

「そういうことになる。古川殺しの現場に居合わせた者、木下と木助はこの世にいないため、調べ直すには骨が折れようが、なんとか頼む」

「承知しました」

引き受けたものの、真相を突き止める拠《よ》り所《どころ》があるわけではない。ただ、根拠のない漠然とした自信はある。八丁堀同心としての経験と勘だ。

源之助が引き受けたのを見定め、小木曽は話を続けた。

「それから、豊州屋の盗みの一件であるが」

小木曽が説明しようとしたところで、

「それは結構でございます」

源之助は瓢吉の濡れ衣を晴らそうと奔走していることを述べ立てた。

「なんと、一体、どうしてじゃ」

小木曽の目が凝らされた。

「瓢吉の濡れ衣を晴らさんと願っておるのは、八丈島で瓢吉と共に流人暮らしをしておった寅吉という男です。寅吉は浅草の博徒でした。悪さをしおりましたので、わたしが捕縛し、八丈島に島流しとなりました。寅吉は八丈島で瓢吉と苦楽を共にし、瓢吉が無実を訴え続けることに同情し、赦免されて江戸に戻ってからわたしに瓢吉の濡れ衣を晴らして欲しいと頼んできたのです。盗みが起きたのは古川伊織が殺された同じ年の弥生のことでしたな。関係はないと存じますが」

「関係はなかろうな」

「古川殺しを調べたのはどなたでござりますか」

「大木だ」

「大木さん……。臨時廻りの大木柿右衛門さんですか」

いささか驚いた。

「いかがした」

「豊州屋の盗みの一件を調べたのも大木さんでございますな」

「ええっと、待てよ」

小木曽は自分で作成した書付を取り出し、調べた。

「そうじゃな。大木であるな」

「大木さん、病がちであるとか」

「そのようじゃ」

「これはひょっとして」

源之助は言葉を止めた。

「まさか、大木が御奉行に脅迫文を送っておると……」

「考えられなくはございません。南町の同心ならば、筆遣いを誤魔化す必要がございましょう」

「しかし、なんのためにそのようなことをする。ほじくり返せば、己の失態を明らかにすることにもなるのだぞ」

「その辺のことはわかりません。ともかく、大木さんを訪ねてみます。大木さんが脅迫文を書いているのではないとしましても、古川殺しと豊州屋盗難の一件を調べ直すには、探索に当たった大木さんからは是非とも話を聞いておきたいところでございますので」

「もっともなことだな」

小木曽も受け入れた。

「ところで、わたしが南町の取り調べた一件を調べ直してもよろしいのですか」

「こんなことは、南町では調べ直すことはできん。今更、蒸し返すことになるからな。かと申して北町に頼むというわけにもまいらぬ。困っておった時にそなたを見かけた次第じゃ」

小木曽は、すまんが内密に調べ直してくれと改めて頼んだ。

「承知しましてございます」

源之助が引き受けると、

「これは、御奉行とわしからじゃ」

小木曽は二十両を源之助に渡した。

「承知しました」

偶然にしては出来過ぎている。まずは大木に話を聞かなくてはなるまい。

「大木さん、今日は出仕なさっておられますか」

「さて、把握しておらぬが」

「わかりました。わたしが当たってみます」

源之助は言ってから、書院を出た。

書院を出るとまずは八丁堀の組屋敷に向かうことにした。

昼前になって、大木柿右衛門の組屋敷街に戻って来た。

源之助の組屋敷から西へ一町ほどの距離にあるのだが、源之助は北町、大木は南町へ出仕するとあって、顔を合わせることは滅多にない。

途中で何か見舞い品と思い、人形焼きを買い求めた。玄関で訪いを入れると大木の妻が丁寧に応対したと思ったら、

「お〜い」

と、呼ぶ声が聞こえた。

庭に面した縁側で大木は日向《ひなた》ぼっこをしていた。寝巻を着て、のんびりと狭い庭を眺めている様子は庭木を鑑賞しているというよりは日輪を味わっているようだ。横顔は穏やかで日が当たっているせいか、思ったよりも血色がいい。人形焼きを妻に手渡し源之助が庭に回ると、

「おお、これは珍しい」

大木は破顔した。

「お元気そうで、何よりでござるな」

いかつい顔を綻《ほころ》ばせ声をかけると、大木はこくりとうなずいた。大木は源之助よりも五つ年上、定町廻りではなく臨時廻りである。臨時廻りは定町廻りを経験した同心が就任する。特定の持ち場はなく、事件に応じて定町廻りの手助けをするため練達の者ばかりだ。

大木の妻が源之助の土産《みやげ》の人形焼きを添えて、茶が入ったと声をかけてきた。

「ここで、食べる」

大木は返事をし、源之助も縁側に座って茶を飲んだ。

「このところ病がちと耳にし、心配しておりましたが、思ったより元気そうで、何よりでござる」

「いやいやどうして、今朝は気分がいいが、昨日は床《とこ》を離れられなかった。もう、長くはないぞ」

冗談めかしているが、間近で見るとなるほど、大木の両眼は落ち窪んでおり、目の色は精彩を欠いている。それでも励まそうと、

「ゆるりと養生されるのがよろしかろう」

源之助の言葉にうなずき大木は目を細めた。しばらく時候の話をした後に、

「実は今、豊州屋の盗みの一件を調べ直しておる次第でござる」

源之助は調べ直すに至った経緯、無双嶽こと寅吉との因縁を語り、赦免された寅吉から馳走され、八丈島で一緒だった瓢吉の濡れ衣を晴らしてやって欲しいと頼まれたことをかいつまんで語った。

語り終えてから、

「大木さんの調べに手落ちがあったとは思いませんが、寅吉のたっての頼みゆえ、調べております」

言い訳めいた言葉を添えると、

「是非とも調べてくれ。北町一の辣腕同心ならば、わしが見逃したところを見つけ出してくれるかもしれん。もっとも、捕縛した瓢吉の奴は、既に八丈島で命を落としたということだ。濡れ衣であったなら、詫びの仕様がないがな。瓢吉の恨みか、病のせいなのか、このところ、夢見が悪いのだ。若い頃なら、悪い夢を見たところで、八丁堀同心の因果な役目を思って、なんら気にすることなどなかったのだが、歳を重ねて見る悪夢は堪《こた》える。わしがうなされておるものだから、女房の奴、祈禱師《きとうし》にみてもらった方がいいなどと申しておる」

大木は自嘲気味な笑いを放ったが、声は弱々しい。しかも、笑った途端に咳《せ》き込む始末だ。源之助が背中をさすろうとすると大木は手を振って断った。

咳が治まるのを待ち、

「ところで、もう一つ、国学者古川伊織殺害の一件でござる」

源之助が問いかけると、

「それもなあ……。大いに気にかかる一件よ」

大木はため息を吐いた。

「大木さんが取り調べたのですな」

「蔵間さん、古川殺害の調べ直し、木下の身内から頼まれたのか。江戸で木下に身寄り頼りはなかったはずだが」

大木は訝しんだ。

「このところ、南の御奉行に脅迫文が届いておるようですぞ」

源之助が言うと、

「そうであろう」

にんまりとしてから大木は、

「古川殺しと豊州屋の盗みの一件はわしが送った」

と、言った。

二

「やはりそうですか」

源之助は苦笑を漏らした。

「そう睨んだからわしのところに来たのだろう」

「まさしく」

「わしは御奉行に裁許やり直しを求め、小木曽さまにもお願いしたことがある。しかしな、奉行所としては裁許が下り、尚且《なおか》つ下手人が刑死した一件を蒸し返すことはできんとお取り上げにならなかった。もっともなことだ。それで、あんな真似をしてみたのだ。この身体では、現場に復帰できるか心許《こころもと》ないのでな、誰かに調べ直して欲しいと願った。むろん、事件の真相が明らかになれば、わしは責任を取る」

死を覚悟しているということか。重い病とあって、己が余命を考え、思い起こした事件に結末をつけたいのだろう。

源之助が大木の言葉を受け止め、眉間に皺を刻むと大木は笑い飛ばそうとしたが、咳を憚《はばか》ってか顔を引き攣《つ》らせただけだ。

果たして、

「わしはもう先はない。少なくとも、同心として一線に立つことはできない。よって、蔵間さん、あんた、この二つの事件を探索し直してくれ。改めてわしからもお願いする」

大木は頭を下げた。

「頭を上げてくだされ。むろん、わたしもそのつもりです。では、二つの事件につきまして詳しいお話を聞きましょうか。おっと、その前に二つの事件に共通するものは何かあるのですかな」

源之助の問いかけに、

「ある」

大木は即答した。

「それは……」

「西條家だ」

大木は空を見上げた。

霞みがかった空に燕《つばめ》が泳ぐように飛んでゆく。

「西條家……」

確かに寅吉は西條斉英のお抱え力士となった。しかし、豊州屋とは繋がるのか。そして、浪人者二人、古川伊織と木下又右衛門とはどう繋がる。

繋がるとすれば……。

「豊州屋は西條家に出入りしておるのでござるか」

源之助の問いかけに、

「そうだ。しかも、古川伊織は西條家に侍講《じこう》として招かれておった。西條の大殿さまにいたく気に入られてな、西條家の藩士方に国史を講義しておったのだ」

「木下の仕官先は確か……」

記憶の糸を手繰《たぐ》った途端に、

「木下は水戸家に仕官が内定していた」

大木は答えた。

西條家は外様《とざま》とはいえ藩主は国持ち格、しかし御三家たる水戸徳川家には劣る。自分より格上の大名家に召し抱えられた弟子を師である古川が嫉妬していた。木下の水戸家仕官が内定してから古川の木下に対する嫌がらせとも取れる言動がそのことを裏付けているようだ。

そして、水戸家といえば、二代藩主光圀《みつくに》以来、藩を挙げて、『大日本史』の編纂《へんさん》に取り組んでいる。国史を学ぶ者としては水戸家への仕官は垂涎《すいぜん》の的《まと》であるはずだ。

「豊州屋の盗みと古川殺害に西條家が関与しておると大木さんは考えておられるか」

「どんな繋がりがあるかまでは見当もつかなかったが、わしは関係すると睨んだ。よって、西條家にもたびたび問い合わせたのだ。しかし、知らぬ存ぜぬの一点張りでな、一介の八丁堀同心など相手にしてくれなかった」

無念そうに大木は唇を噛んだ。

「どのように関わっておるとお考えか。不明なりにも何か見当をつけられたのではござらんか」

「相撲かもしれんと思った」

「相撲……」

源之助が首を捻ると、

「西條さまと水戸さまはな、共に力士を抱えて大層な力の入れようだ。豊州屋は水戸さまと西條さまからお抱え力士のための化粧まわしを頼まれておる」

「その化粧まわしを巡って因縁が生じたということでござるか」

「化粧まわしかどうかはわからぬが、豊州屋の主人吉次郎も大変な相撲好き、相撲を巡って古川と木下の間になんらかの確執が生じたのかもしれん」

「古川はどう関わるのでござるか」

「古川は西條家で相撲の歴史を講義したことがあった」

「歴史を講義したところで、何か不都合なことがあったのでござるか」

益々わからなくなった。

「相撲の歴史を巡って、古川と木下は激しく論争したことがあったそうだ」

「相撲の何についてでござる」

「相撲の起源らしい」

大木の言葉尻がしぼんだ。確信はないようだ。

「ようわかりませんが、相撲の起源が殺しに至る原因になるのでござろうか」

信じられない思いである。むろん、相撲は好きだが、歴史など考えたこともないし、気に留めたこともない。

「事件に首を突っ込めば突っ込むほど、当惑するだろう」

大木が軽く舌打ちをした。

「正直、困惑ですな」

源之助も苦笑いを浮かべた。

「わしもそうとは確信が持てんが、どうもそんな気がしてな」

「大木さんは相撲の歴史を調べたのでござるか」

「調べはしたが、それで、殺しの原因がわかったわけでもない。わしは、古川を殺したのは木下で間違いないと確信している。わしが知りたいのは何故、木下が古川を殺したのかということなんじゃ」

大木は手を叩いて妻を呼ぶと、あの本を持って来いと言いつけた。すぐに、妻が三冊の本を持って来た。いずれも相撲の歴史について書かれた書物だが、一冊は古川伊織の著作であった。

「まあ、事件の参考になるかどうかはともかく、読んでみたらよかろう」

大木から借りることにした。

「それ以上のことはわからんのでござるな」

「頼りなくてすまんな」

「いいや、大木さんを訪ねて事件の真相がわかった──というのでは影御用の意味がござらんからな」

「ともかく、わしの目の黒いうちに真相を明らかにしてくれ、蔵間源之助殿」

大木は居住まいを正した。

すると、

「旦那さま、そろそろお休みになられないと、お身体に障りますよ」

居間から妻が声をかけてきた。

「わかった、わかった。うるさい奴め」

大木は右手をひらひらと振り、よっこらしょと腰を上げた。立ち上がると、枯れ木のように痩せているのがわかった。心の中で、大木の平癒と事件解決を誓い、大木の組屋敷を辞去した。

源之助は大木の屋敷を出ると西條家の下屋敷に向かうことにした。

その前に自宅で相撲の歴史について目を通しておくことにした。


玄関の格子戸をそっと開けて中を覗いてみる。そっと忍び足で廊下を進み、居間に入った。黙々と本に視線を走らせる。もぞもぞとした衣擦れの音が聞こえたと思うと久恵がやって来た。

「あら、お早いのですね」

声をかけてきた久恵に、

「寝ておれ」

源之助は気遣いを示す。久恵はもう大丈夫だと言ったが、腰を下ろした時に顔をしかめてしまった。

「ほれみろ」

源之助は寝ているように言い、久恵も寝間に戻った。

本を読む。

相撲は神事とは知っていたが、始まりは神話の世界である。こんなことを知ったところで殺しの原因となるのであろうか。読んでみると却《かえ》って謎が深まってしまった。

「ともかく、行ってみるか」

源之助は本を置き、組屋敷を出た。

昼八つ半を過ぎた頃、本所割下水《ほんじょわりげすい》の近くにある西條家下屋敷へとやって来た。下屋敷ということで屋敷は広大であるが、国持ち格を示すいかめしい門構えではない。それでも、不浄役人と蔑《さげす》まれる八丁堀同心であることを気遣い、裏門に回った。

門番に無双嶽こと寅吉への取次を依頼する。すぐに中に入るよう言われた。足を踏み入れると、畑になっており、近在の百姓と思われる男たちが鍬《くわ》や鋤《すき》を担いで農作業にいそしんでいる。

畑の向こうに板葺き屋根、平屋建ての稽古場があった。

引き戸を開けて中に入ると、

「もっと、気合いを入れんか」

無双嶽こと寅吉が若手力士をしごいている。まわし姿の寅吉の胸板は分厚く赤銅《しゃくどう》色《いろ》に輝き、腕は丸太のようである。土俵に立って、ぶつかり稽古の相手をしていた。

汗を飛び散らせ、稽古をしている様子は迫力に富み、寅吉はやはり相撲取りであったのだと改めて思い知った。

十年前にはもっともっと強かったはずだ。十手《じって》片手に立ち向かった自分はつくづく無謀だった。

しばらく、御用を忘れて稽古を見物した。

四半時ほど稽古が続き、

「休憩だ」

寅吉は言い放った。

みな、ほっと安堵の表情を浮かべたものの肩で息をしている。

「ちゃんこでも、どうだ」

寅吉は誘ってくれた。なんの成果もないゆえ、逡巡《しゅんじゅん》していると、

「どうせ、暇なんだろう」

無遠慮な言葉を投げて寄越し、寅吉は源之助を誘った。

「今のところ、成果はない」

と、まずは報告をしてから、お結と会った経緯を語った。

「お結、随分とつれないな」

寅吉はなんとも言えない顔つきとなり、首を横に振った。

「つれないどころか、お結は瓢吉の濡れ衣を晴らすことを望んでおらんのだ」

「さぞや、喜ぶだろうと思っていたんだがな。去る者、日々に疎《うと》しというが、時が経てば女は愛《いと》おしく思っていた男のことも過去の人となってしまうんだな」

寅吉は肩をそびやかした。

「盗みの一件はそんな具合なのだが、思いもかけない殺しが絡んできたのだ」

源之助は木下による古川殺しについて語った。

「相撲の歴史が原因で古川は木下に殺されたのだそうだ」

源之助が言うと、

「どういうこった」

寅吉は首を捻った。

「わたしにもさっぱりわからん。それで、元関脇の知恵を借りにやって来たという次第だ」

「そんなこと言われてもな。おれは相撲は強いが歴史なんぞ、知らんし、関心も学んだこともないぞ」

寅吉は言った。

そんなもの知らなくても強くなれると言いたいようだ。

三

二人はしばし、相撲談義を続けた。

すると、俄《にわ》かに騒がしくなり、数人の侍たちがやって来た。

「おいでなすった」

寅吉は呟いた。

源之助がどうしたのだと目で問うと、

「大殿さまだよ」

寅吉は顔をしかめ囁いた。大殿さまの来訪は迷惑のようだ。侍たちが大殿こと西條斉英の到来を告げた。程なくして、

「おお、やっとるか」

鷹揚に声がかかった。力士たちは土俵の隅で控えた。

「苦しゅうない」

と、やって来たのは小柄な初老の男であった。白髪頭で皺だらけの顔、五尺に満た

ない背丈、豪華な小袖に羽織を重ねている。力士たちに交じっては大人と子供以上の体格差がある。源之助も寅吉の脇で控えた。

「無双嶽」

斉英は声をかけてきた。

寅吉は畏まって一礼した。

「勝てそうじゃな」

いきなり斉英が問いかけてきた。寅吉が答えようとする前に源之助に気付いた。寅吉が斉英の視線を追い、

「北町の同心で蔵間源之助さまです。わしが世話になった方です」

と紹介すると、源之助は自己紹介をした。斉英はしげしげと源之助を見下ろして、

「そうか、町方の同心か。世話になったとは、ああ、そうか、おまえを八丈島に送った同心だな」

斉英は愉快そうに笑った。

「ご明察、畏れ入ります」

寅吉は首をすくめた。

「こやつ、相当に悪さをしおったのだろう。まじめに相撲を取っておれば、大関を張

れたものを、余計なことをしたがために、道を踏み外しおった」

斉英が言うと、

「すまんこってございます」

寅吉はしおらしく謝った。

「今は道を踏み外したことを償《つぐな》うべく、大関を育てよとわしはこやつに命じたのじゃ」

斉英は言った。

「寅吉、いや、無双嶽、おまえは幸せものだな」

源之助は言った。

「ありがてえことでごぜえます」

寅吉は深く頭を下げた。

「寅吉、水戸に負けるなよ」

斉英は督励した。二人のやり取りを聞いていると、西條家と水戸徳川家で相撲の対抗戦が行われるようだ。

「なんとしても勝たねばならんぞ」

斉英は力士たちを叱咤した。

そうだ、斉英であるなら、木下又右衛門による古川伊織殺しのことを知っているのではないか。

斉英の前で若手力士たちが取り組みを始めた。斉英は目の色を変えて見入っている。その横顔は相撲に夢中で、とてものこと、声をかけられるものではない。横目に寅吉が困った顔をしているのが、なんともおかしかった。

「こら、もっと、踏ん張らんか」

斉英は拳を握りしめ、身を乗り出して力士たちの稽古に注文をつけている。その熱の入れようは微笑《ほほえ》ましいものであった。が、源之助は力士たちが叱咤される余り、怪我をしなければいいがと危ぶんだ。

「よし、やめ」

寅吉が声をかけると、

「もう、やめるのか」

斉英は不満そうに呟いた。

「朝から稽古のやり通しでございますので、ここらが潮時であると思います。これ以上続けますと、怪我をする恐れがあります」

寅吉に言われ、

「なるほど、怪我をしてはなんにもならんのう」

残念そうに斉英は呟いた。よほど、相撲好きで尚且つ熱心なのだが、力士には有難迷惑な存在なのかもしれない。

「では、きばれよ」

斉英が立ち去ろうとしたところで、

「畏れ入りますが、少々、お聞きしたいことがござります」

源之助が引き止めると、

「なんじゃ」

相撲以外には興味がなさそうに斉英は返した。

「相撲の歴史のことでございます」

源之助が是非とも教えを請いたいと頭を下げた。

「その方、相撲が好きか」

途端に斉英は笑顔になった。

「国学者の古川伊織と弟子の木下又右衛門が相撲の歴史を巡りまして、争いとなり、木下は師である古川を殺してしまいました。ご存じでございますね」

源之助が尋ねると、

「そのことか」

斉英の顔が引き締まった。

「いかがでございますか」

「あれはな、行司を巡る争いであったのだ」

斉英は言った。

「行司の何でございますか」

源之助の問いかけに、

「行司は軍配差し違えをしたら、切腹すべきかどうか。古川は切腹すべきだと申した。ところが、木下はそんな例は過去にないと主張した」

「それで争ったのですか」

源之助にはなんとも理解不能のことである。

「学者というものはな、一つの説に命をかけるものなのじゃ」

斉英は言った。

「わかりませんな」

源之助は言った。

「わからぬのも無理はないな」

「大殿さまはそのことはどのように思われるのですか」

源之助が訊いた。

「行司が脇差を差しているのは切腹のためなのかもしれぬがな。古川はそのように考えておった」

わしにはわからんと斉英は首を捻った。

「そのことで、木下が師を殺したということは、よほど重要なことなのでしょうか。それとも、行司の軍配を巡り深刻な問題が起きていたのですか」

源之助の問いかけに、

「いや、そんなことはなかった。わしは、相撲は好きであるが、何も行司が軍配の差し違えをしたところで、行司の命までも奪おうとは思わぬ。人は間違いを犯すものであるからな。無双嶽のことも、これこのように許し、わが西條家に迎えておるのじゃ」

斉英が誇ると、

「まこと、大殿さまは心の広いお方であるぞ」

寅吉は言った。

源之助もうなずき、

「そういうことじゃよって、古川のことは残念でならん。木下も意地を張らねばよかったのじゃ」

「木下は水戸家に仕官が決まっておったとか」

「そのようであったな」

「古川殺しは木下の水戸家仕官には関係がないのでしょうか」

改めて源之助は問いかけた。

「それはないと思うがな」

斉英の声は濁った。

「たとえば、古川は木下の水戸家仕官を邪魔したということはありませぬか」

源之助の問いかけに、斉英は不愉快そうに顔を歪めた。

「そなたは、水戸家は御三家ゆえ、わが西條家よりも仕官するには格上、それゆえに師である古川が嫉妬したと考えておるのであろう」

「申し訳ございません」

源之助が頭を下げると、

「謝らずともよい。そう考えるのが当然であるからな。ところがな、水戸家に仕官と申しても学問所彰考館《しょうこうかん》に勤めることになったのじゃ。つまり、数多《あまた》いる学問の徒の一人に過ぎないのじゃ。古川が嫉妬するようなことではないぞ」

淡々と語った斉英に、

「なるほど、これは失礼しました」

源之助は詫びた。

「よい。そんなことより、古川殺しについて、どうして今頃、興味を抱いておるのだ」

「実は、木下がいかなる理由で古川を殺したのかと思う者がおりまして、それで調べ直しておる次第でございます」

「ほう、そうか」

「古川を西條家の侍講に迎えられたのは大殿さまと耳にしました」

「そうじゃ」

「何故でございますか」

「古川は学識優れた学者であるばかりか、相撲好きであったからじゃ」

斉英は実に明快である。

「木下も相撲が好きであったのでしょうか」

「特に好きでも嫌いでもないようであったな」

「では、木下が行司を巡って、それほどむきになる必要はなかったのではないでしょうか」

「だがな、木下という男、学説については強烈に意固地《いこじ》になるところがあったのじゃ」

斉英は苦々《にがにが》しそうに顔を歪めた。

「すると、大殿さまは木下の仕業とお考えでござりますか」

「そうだと思っておる」

斉英の言葉が曖昧になった。

「確信がないのですか」

「そういうことじゃ」

斉英は答えてから寅吉を手招きし、力士たちの稽古ぶりをあれこれと問い質《ただ》し、水戸家との取り組みに選抜すべき力士は誰かをあれこれと指示し始めた。

熱心に話し込む斉英の横で源之助は思案をした。

古川と木下は相撲の歴史というより、行司を巡って言い争っていた……。軍配差し違えをした行司は切腹すべしと古川は主張した。いかにも過激な考えである。

斉英と寅吉のやり取りが途切れたのを見計らい源之助は、

「大殿さま、古川伊織先生は普段より、激しやすいと申しますか、己の考えに異を唱えることを良しとはなさらないお方であったのですか」

一瞬、斉英がぽかんとしたのは源之助のことなど眼中になかったからのようで、

「なんじゃ、そなた、まだおったのか」

と返してから、源之助の問いかけをしばらく思案し、

「己の学説を曲げないところがあったことは確かじゃな。木下とも度々論争をしておったことも耳にする。じゃが、相撲の行司についての論争はいつにも増して激しかったな。何しろ、軍配差し違えをした行司に本気で腹を切れと迫ったのじゃからな」

「軍配差し違えとは具体的にどのような取り組みであったのですか」

「三年前の弥生に行われたわが西條家と水戸家の取り組みじゃ。双方、七人の力士を選抜し、取り組みを行い、勝ち星を競った」

当日は好取り組みが続き、三勝三敗の五分で結びの一番を迎えた。

「当然、わしは力が入ったし、水戸宰相殿も身を乗り出して観戦しておられた」

結びの一番、西條家のお抱え力士、磐台川《ばんだいがわ》と水戸家のお抱え力士、鹿嶋浦《かしまうら》はどちらも関脇を張り、当日は水入りの大相撲となった。双方譲らなかったが、磐台川が鹿嶋浦を土俵際に追い詰めた。

「押し出したと思った時であったわ。鹿嶋浦めが、磐台川をうっちゃったのじゃ」

　斉英の顔が歪んだ。

「では、磐台川の負けではございませんか」

　源之助が問いかけると斉英は悔し気に鼻を鳴らし、

「ところがじゃ、鹿嶋浦の右足は土俵から出ておったのじゃ。かかとがな」

「行司は見落としたのですか」

「見落としおった。土俵の外にはくっきりと鹿嶋浦のかかとの跡があった。しかし、軍配が変わらなかった。明らかに軍配差し違えじゃ。じゃが、水戸家の方は勝った、勝ったと喜び、見物人たちも鹿嶋浦の勝ちだと湧き立った。物言いをつけるのはいかにも未練がましくなり、わしも我慢したのじゃ。しかし、その後、古川が激怒し、行司に切腹を求めたというわけじゃ」

「それを木下が止めたというわけですな」

「木下は行司軍配差し違えで切腹した例はないと、あくまで主張したのに対し、古川は木下が水戸家に仕官が決まったから水戸家を贔屓《ひいき》するのだと罵倒したのじゃ」

「わたしには師が弟子に対する意見ではないと思えます」

　源之助が失笑を漏らすと、

「確かに、あの時の古川は大人げなかった。むきになっておった」

「やはり、木下が水戸家に仕官することが気に食わなかったのではないのでしょうか」

「先ほども申した通り、仕官と申しても彰考館じゃからな、その他大勢の学者の一人に過ぎぬ。禄とても十石に満たないものであったと記憶しておる。古川がひがむようなものではない」

斉英は断じた。

これ以上は源之助とても、異論を唱えることはできない。

ともかく、西條家と水戸家の相撲を裁いた行司軍配差し違えを契機に、古川と木下の関係は悪化した。斉英の話を聞く限り、軍配差し違えをした行司に切腹を迫る古川を木下が諫《いさ》め、それに腹を立てた古川が木下を罵倒し、師弟の間柄は決裂、最悪の事態を迎えたのだった。

行司軍配差し違え以外で、二人の間には大きな亀裂を生む何かがあるのではないか。

源之助は深い闇のとば口に立ったような気がした。

四

その日、四日の朝のことだった。

源太郎は岡っ引の京次と共に殺しが起きたという通報で現場に来ていた。

源太郎が手札を与えている京次は、歌舞伎《かぶき》の京次という二つ名が示すように元は中《なか》村座《むらざ》で役者修業をしていたが、性質《たち》の悪い客と喧嘩沙汰を起こし、役者をやめた。源之助が取り調べに当たった。口達者で人当りがよく、肝《きも》も据わっている京次を気に入り岡っ引修業をさせ、今では、「歌舞伎の親分」と慕われ、一角《ひとかど》の十手持ちとなっている。

殺されたのは深川の小間物問屋の主で伊三郎という男であった。大川の河岸で胸や腹をめった刺しにされるという酷い殺され方であった。

「物盗りですかね」

京次が言ったように、伊三郎の着物からは財布がなくなっていた。源太郎がうなずくと、

「豊州屋といやあ、大店ですよ。財布にもたんまりと銭金が入っていたかもしれませ

んぜ」

「そうだろうな」

源太郎は亡骸《なきがら》を永代通《えいたいどお》りにある自身番に運ばせた。

自身番には女房のお結が来るように手筈が整えられた。

自身番に伊三郎の亡骸が横たえられ、やがてお結がやって来た。お結は伊三郎の亡骸を見て夫に間違いないと確認した。その表情は毅然としており、涙一つ流さない態度は源太郎の目にはひどく冷《さ》めたものに見えた。それでも、悲しみを堪えているのだろうと、思い直した。

「辛かろうが、少し話を聞かせてくれ」

源太郎が問いかけると、

「どうぞ」

お結は静かにうなずく。

「昨晩の伊三郎の行動はどうであった」

「昨日は夕刻より、寄り合いがあるとかで料理屋にまいりましてございます。富岡八幡さまの近くにある料理屋大利根でございます」

するとき京次が、

「大利根は料理屋番付で関脇に選ばれたほどですよ」

と、言い添えた。

「寄合いというと小間物問屋同士ということだな」

「はい」

肯定したお結の目が少しだけ彷徨《さまよ》った。

「伊三郎はどんな男であった」

源太郎は物盗り一辺倒の線ばかりでは不安になった。

「夫はとてもまじめな男でございました。それゆえ、父が目をかけまして婿養子にしたのでございます」

「なるほど、養子か。すると、豊州屋に奉公していたのだな」

「さようでございます」

お結の声音も表情同様に冷ややかだ。

「殺しは物盗りということが考えられるが、怨恨という線も捨てがたい。伊三郎は人から恨みを買うことはなかったのか」

「商売仇というのはいたと思いますが、人柄は女房のわたしが申すのもなんでございますが、とても温厚なもので、奉公人にも声を荒らげたりすることもございませんでした」

お結は心当たりがないと繰り返した。

「すると、やっぱり物盗りの線ですかね」

京次が言った。

「そうだな。ところで、会合は何時頃《なんどき》終わったのだろうな」

源太郎は独り言のように呟いた。

お結は自分が訊かれたと思ったのか、

「会合は暮れ六つに始まりましたから、いつのことやら」

寄り合いという名目で夜桜見物を行っていたのだった。

「伊三郎はこっちの方は行けた方か」

源太郎は猪口を傾ける真似をした。

「そうですね、弱くはありませんでした」

お結は答えた。

お結は奉公人を呼び、伊三郎の亡骸を引き取った。

お結がいなくなってから、

「あの女房、どこかよそよそしいっていいますか、気丈というだけでは判断できない、冷たさがありましたね」

京次は言った。

「おまえもそう感じたか」

「ええ、旦那の亡骸を前にしながら涙の一粒もこぼしませんでしたぜ。悲しみを内に秘めているのかもしれませんがね、ありゃ、気丈を通り越して冷たいってもんだ。何も泣くのが優しさだってことじゃありませんがね」

京次は肩をすくめた。

「婿養子ということで、好き合って一緒になったわけではないからか。それとも、伊三郎に女でもいて、お結がそのことに気付いていたからなのか」

源太郎は言ってから考え過ぎかと自分を戒めた。

「いや、十分に考えられますぜ」

即座に京次は返した。

「ともかく、伊三郎の行動を摑まなければならん。寄り合いといっても、真夜中まで続くとは思えん。それに、朝になっても亭主が帰らなくて平気だというのも気にかかる」

源太郎が言うと、

「まったくでさあ」

京次も唸った。


二人は大利根にやって来た。

すると意外なことがわかった。昨晩、小間物問屋の寄合も夜桜見物もなかったというのだ。豊州屋伊三郎はたびたび大利根を利用するのだが、昨日は来ていないということだった。

何度、念押しをしても間違いないということであった。

「こりゃ、臭いますね」

京次が言った。

「まったくだな。伊三郎は、何処で何をしていたのだろうな」

源太郎も疑問を呈すると、

「案外、お結は知っているのかもしれませんよ」

京次の答えを受け、

まずは、周辺人物の聞き込みを行おうと源太郎は考えた。

源太郎はもう一度お結から話を聞く必要を感じたが、

「その前に奉公人たちから話を聞くことにしよう」

聞き込みは源太郎と京次は分かれて行った。京次は歌舞伎の京次の二つ名の通り、男前の面差《おもざ》しを最大限に利用して女中たちからの聞き込みを行った。

源太郎は豊州屋の番頭与一から話を聞いた。

豊州屋は主人が殺されたことで店は閉じられていた。それでも通夜の手配の合間に与一は番屋で源太郎の聞き込みに応じた。

本来ならお結の父親吉次郎が応対しなければならないのだが、身体の具合が悪く床に臥せっているということであった。

与一は吉次郎の父親の代から四十五年に亘《わた》って豊州屋に奉公している。髪は真っ白、髷は椎茸《しいたけ》のように細く、顔中皺だらけであるが、受け答えはしっかりとしていた。

「忙しいところすまんな」

源太郎が声をかけると、与一は辞を低くして恐縮の体《てい》となった。

「昨晩、伊三郎が大利根に夜桜見物の宴に出かけたというのは偽りであった。そのことをどう思うか」

源太郎が言うと与一は驚きもせずに、

「やはり……」

と、ぽつりと返事をした。

それから苦々し気な顔で、

「あれほど、よせと言ったのに。馬鹿な奴だ」

与一は吐き捨てた。

伊三郎が手代上がりの婿養子とはいえ、主人に対する番頭の言葉ではない。源太郎がおやっという顔をすると、

「正直に申します。伊三郎はあたしが親代わりとなった男でございます」

与一は言った。

「親代わりとはどういうことだ」

「伊三郎は同じ長屋に住んでおりました。両親を火事で亡くしましてね、あいつが十三の頃でございました」

身寄り頼りがいなくなった伊三郎を、与一は豊州屋に小僧として住み込みで働かせることにした。

「伊三郎は生来が利発と申しましょうか。物覚えのいい子でございました」

伊三郎は算盤《そろばん》に長《た》け、あっという間に暗算まで習得したそうだ。その上、文句一つ言わず、しゃにむに働いた。朝早くから日が暮れるまで、両親を失った悲しみを感じる間もない様子であったそうだ。

「あとで思えば、働きづめに働くことで、二親《ふたおや》が死んだ悲しみを乗り越えようとしていたのかもしれませんね」

口汚くののしっていた与一は一転してしんみりとなった。

次いで、

「旦那さまも伊三郎に目をかけるようになりましてね、お得意先の評判も大変によろしゅうございました。二十二で手代になった頃には豊州屋にはなくてはならない男になったのでございます。あたしも誇らしくなりましたよ。それから二年が経った頃です」

吉次郎の一人娘、お結が年頃となり、しばしば吉次郎との話題にお結の縁談が上るようになった。

「旦那さまはお嬢さん、いや、女将さんは一人娘ですのでね、婿養子を取ることになさったのですが、適当な同業の方がおりませんでね、それで、あたしが伊三郎を推挙したんです」

吉次郎も伊三郎の生まじめさを十分に評価していたから賛成してくれた。親戚筋にも異論は出なかった。

「お結はどうであったのだ。伊三郎と夫婦になることを喜んでおったのか」

「そりゃもう」

と、一旦は肯定した与一であったがすぐに、

「いや、それがそうもいきませんでした」

小さくため息を吐いた。

「どうしたのだ」

「伊三郎殺しのお調べが進めば明らかになると思いますが、女将さんには当時、好いた男がおったのでございます」

「何者だ」

「出入りの飾り職人で瓢吉という男でございました」

「吉次郎はお結が瓢吉と夫婦になることは許さなかったのだな」

「はい。瓢吉は大変に腕のいい職人でございましたが、豊州屋の暖簾《のれん》を任せるわけにはいかないと絶対にお許しになりませんでした」

与一の話で、お結の冷ややかな横顔が源太郎にはわかる気がした。

「その瓢吉、それからどうしたのだ」

「死にました」

ぽつりと与一は言った。

五

「死んだとはどういうことだ」

源太郎は驚きで声が上《うわ》ずった。

「瓢吉は旦那さまのお金五十両を盗み、八丈島に島流しとなりまして」

与一は瓢吉が盗みを働いた経緯《いきさつ》を語った。

「そんなことがあったのか。それで、お結は泣く泣く伊三郎と夫婦になったということだな」

「はい」

与一は首をすくめた。まるで、悪いことをしたかのような面持ちである。それを裏付けるかのように、

「考えてみれば、あたしが伊三郎を婿養子にと推《お》さなければ、こんなことにはならなかったのじゃないかと……。まだ、二十七の若さで命を落とすことなどなかったんじゃないかって、悔いております」

語り終えた与一は嗚咽《おえつ》を漏らした。

与一が落ち着きを取り戻すのを待ち、

「伊三郎とお結の夫婦仲はどうであったのだ」

涙を拭い与一は源太郎に向き直ると、

「決して悪くはなかったと思います。女将さんも大変に利発なお方でございますので、瓢吉が八丈島に流されたとあっては、いつまでも瓢吉のことを想い続けるわけにはいかないと、気持ちを切り替えなさり、日に日にご立派な女将さんになられましたよ」

お結は豊州屋の女将としての役割を果たしてきたと与一は語った。

「伊三郎の方はどうだったのだ。商いに以前と変わらず打ち込んでいたのか」

「それなりにやってはいましたが、どうも、それが」

与一は顔を曇らせた。

「申せ」

きつく源太郎が問いかけると、

「どうも、これができたようでして」

与一は小指を立てた。

「何者だ」

「そこまではわかりません。ですが、あいつも、女将さんと夫婦になるまで商い一筋でやってきた男でございます。遊びなどとは無縁でしたが、寄り合いなどで料理屋などに出入りするようになりますと、どうしても遊びの味というものを覚えるようになるものです。旦那さまが病に倒れられた昨年の秋以降、遊びというか女の方に興味を示すようになりましてね」

何処かに女を囲っているという。

「お結はそのことを存じておったのか」

「薄々は気付いていらしたと思います」

「女のことで喧嘩などは起きなかったのか」

「少なくとも奉公人の前ではなさいませんでしたね」

「金はどうだった。豊州屋の金を伊三郎は相当に持ち出したのではないのか」

「多少は持ち出したでしょうが、目立ってはおりません」

伊三郎の浮気に感づきながらも表立って咎め立てしなかったのは、金を浪費していなかったからだと与一は言い添えた。

「お結、伊三郎が殺されても悲しい顔をしなかったのは、そうしたわけであったのだな」

得心が行き、源太郎はうなずいた。

「伊三郎には本当に気の毒だったと思います」

「これは仮の話なのだが、伊三郎殺し、お結の仕業ということは考えられないか」

声を潜め源太郎が問いかけると、

「そんな、いくらなんでもそんなことはありません。あるはずがございません」

かぶりを振り、顔を真っ赤にして与一は否定した。

「そうか」

その場はうなずいたものの、その疑念を拭うことはできない。

「女将さんと伊三郎、決して惚れ合って一緒になったわけではありませんが、もう一度申します。お二人は夫婦仲は悪くもありませんでした。夫婦、一緒にお参りや芝居見物に出かけられることもあったのです」

「わかった。こういう役目をしておるとな、全てのことを疑ってかからねばならんのだ」

言い訳がましいと思いつつ源太郎は返した。

「お役人さまも大変でございますな」

「では、改めて尋ねるが、伊三郎を恨む者はいなかったか。商い仇とかあるいは奉公人の中で婿養子になったことを妬む者とかだが」

「まず、奉公人について申しますと、伊三郎が婿養子に決まった時、反対したり、嫌がったりした者、内心はともかくとしまして、心当たりがありません。と申しますのも、伊三郎ほどよく働く者はおりませんでした。みな、そのことは認めておりました。それに、伊三郎が豊州屋の主人になれば、自分たち奉公人の立場を考えてくれると期待する者もいたのでございます」

「しかし伊三郎、主人になったらそれまでの態度とは変わったということはないのか」

「それはございませんでした。もちろん、主人と奉公人という立場になったのでございますから、言葉遣い、物の言いようは改めましたが、それでも、伊三郎は決して威張ることなく奉公人たちに接していましたからね」

一点の曇りもなく語る与一の言葉に偽りはないようだ。

するとやはり物盗りの仕業ということだろうか。伊三郎は囲っている女の家から帰る途中に物盗りに刺殺されたということかもしれない。

「わかった。忙しいところすまなかったな」

「蔵間さま、必ず下手人をお縄にしてください」

与一は頭を下げた。

「任せておけ」

源太郎はうなずいた。

与一が自身番から帰ってしばらくして京次が戻って来た。

京次は入って来るなり、

「伊三郎にはこれがいましたぜ」

と、小指を立てた。

「やはりな」

源太郎は与一から聞いた経緯を語った。京次は女中たちの聞き込みを続けているうちに伊三郎の女の存在を聞き出したそうだ。

「女はお春《はる》といいまして、深川山本町《やまもとちょう》の三軒長屋に伊三郎が囲っていたそうです」

「芸者か」

「いや、それが、豊州屋の女中だったそうです」

「伊三郎、奉公人に手をつけたということか」

源太郎は苦笑を漏らした。

「手をつけたというか、伊三郎はお結と夫婦になる前からお春とはいい仲だったらしいんですよ」

「ほう、そうなのか」

源太郎は腕を組んだ。それから、与一から聞いたお結にも惚れた男がいたことを話した。

「へえ、こいつは驚いた。夫婦同士でそれぞれ惚れて一緒になろうとした相手がいたとは。ということは、二人とも不承不承、一緒になったということですね」

「そういうことになるな」

「どうりで、お結、涙一つ流さなかったわけですぜ」

京次は得心がいったとばかりに何度もうなずいた。それから、

「では、早速、お春を訪ねますか」

と、言った。

源太郎に異存があるはずはない。

お春の家は山本町の三軒長屋の真ん中であった。

京次が訪いを入れると、すぐにお春が出て来た。目を真っ赤に腫らしている。

どうやら、伊三郎の死を知っているようだ。

源太郎と京次を居間にあげてから茶を用意すると言ったが、源太郎は気遣い無用だと断った。

「伊三郎が死んだこと、誰に聞いた」

源太郎が問いかけると、

「女将さんからお使いが来ました」

お春は殊勝に答えた。

お結はやはり、伊三郎がお春を囲っていることを知っていたということだ。

「お結はそなたと伊三郎の仲を存じておったのだな」

「そうだと思います」

「伊三郎もそなたとの仲をお結が気付いているとわかっておったのか」

「口には出しませんでしたが」

お春は弱々しく答えた。

「昨晩も伊三郎は来たのだな」

「はい」

「出て行ったのはいつだ」

「宵五つでございました」

「普段と変わったところはなかったのか」

「変わりませんでした」

お春は声を上げて泣いた。

伊三郎はやはり、ここから帰る途中に物盗りによって殺されたのだろう。

「伊三郎からはどれくらいの手当を貰っておったのだ」

「月に五両でございます」

洟《はな》をすすり上げながらお春は答えた。

お結もそのことには目を瞑《つむ》っていたということだ。

ここで京次が、

「伊三郎とは、伊三郎がお結と夫婦になる前から好き合っていたんだってな」

「夫婦の約束もしておりました」

お春は言った。

「そりゃ、つらかったな」

慰めるように京次は何度もうなずいた。

「どうしようもないって、あの人、詫びてくれました。あたしも、その時はとっても悲しかったんですけど、それでいいと……。あたしなんかと一緒になるより、豊州屋の主人になれるんですもの」

お春は身を引いたと言った。

「それが、伊三郎に囲われたのはどうした経緯だ」

源太郎の問いかけに、

「あたしは伊三郎さんとお嬢さんが夫婦になられて一年ほどで豊州屋を辞めました。辞めてしばらく大利根屋さんで女中奉公しておりましたが、寄り合いで訪れる伊三郎さんのことが忘れられず、伊三郎さんもあたしのことを想っていてくれ、昨年の秋頃、ここに住まわせてくれるようになったんです」

なるほど、与一の証言通りだ。

伊三郎は吉次郎が病に倒れた昨年の秋以降、遊びや女に熱心になったということだった。

伊三郎とお春、夫婦にはなれなかったが別れずに済んだということだ。お結は瓢吉への未練を断ち、商いに精進するようになった。商い一筋であった伊三郎は想う女と縁を切ることができず、束の間の幸せを味わったあとに命を落とした。

皮肉なものだと源太郎は唇を嚙み、京次と共にお春の家をあとにし、番屋に戻って行った。

第三章　封印された怨念

一

西條家下屋敷を出た源之助は影御用の原点に戻り、豊州屋へ足を向けることにした。下屋敷から豊州屋までは歩いて四半時とかからない。やって来たが、店は閉まっている。通りがかりの者から主人の伊三郎が殺されたことを聞いた。思いもかけない殺しに遭遇し、事情を確かめようと永代通りにある自身番に寄った。

折よく源太郎と京次がいる。

不意に現れた源之助に驚いた二人は、

「父上」

源太郎は意外そうに顔を向けてきた。京次は立ち上がって頭を下げた。

「豊州屋伊三郎が殺されたそうではないか」

挨拶抜きで源之助が問いかけると源太郎はそうなのですと返事をしてから、

「でも、どうして父上が伊三郎殺しに関心を持っておられるのですか」

源太郎が問いかけると、

「影御用でございましょう」

と、京次がニヤッと笑った。

しかし、

「ですが、伊三郎の亡骸が見つかったのは今朝でございますよ。前もって影御用が依頼されるはずはござりませんね」

という源太郎の疑問に京次は、「あっ、そうか」と己《おの》が早合点を詫び、改めて疑念の目を向けてきた。

源之助は二人の不審と疑問を拭い去るべく、

「わたしは三年前に起きた盗みの一件を調べておったのだ」

と、寅吉から依頼された経緯を語った。

「出入りの飾り職人が盗みの罪で八丈島に流されたのですね。飾り職人は豊州屋の女将お結と恋仲であったとか。ところが、父上、妙なことがわかったのですよ」

源太郎は伊三郎にはお春という深く言い交した女がいたことを語り、

「そのお春とは切れておりませんで、伊三郎はお結と夫婦となってからも、深川の山本町にある三軒長屋に囲っていたんですよ。昨年の秋、お結の父、つまり豊州屋の主人吉次郎が病に倒れてからだそうです」

と、言い添えた。

「お結が伊三郎をな……」

源之助は複雑な思いに駆られた。

「かといって、お結が殺したとは結論づけられないのです。お結は伊三郎がお春を囲っていることを黙認していたようなんですからね」

横から京次が言った。

「わたしが瓢吉の濡れ衣を晴らそうと動き出したこと、お結はうれしそうではなかった。それどころか、迷惑そうであった。蒸し返すことで、迷惑がる者がいるかのような口ぶりであったが、ひょっとしてお結は、五十両盗んだのが伊三郎で、伊三郎が瓢吉を陥れるために瓢吉の行李に五十両を紛れさせたと睨んだのかもしれん。お結は伊三郎を問い詰め、伊三郎も認めて、それでお結が伊三郎を殺したのではと思ったのだが、これはちと勝手な想像に過ぎるな」

　自らの考えを否定するように源之助は自分の頭を小突いた。

　源太郎と京次は顔を見交した。

「間違っているだろう。だがな、三年前の盗みが今回の伊三郎殺しに関わっているような気がしてならん」

　考えがまとまらず自信を持って話せないもどかしさから声が小さくなってしまった。

「父上、まさか、今回の殺し、探索をなさるおつもりですか」

　己《おの》が役目を侵されるのではと源太郎が危ぶむと、

「あくまで盗みの一件を調べるだけだ」

　平然と告げると、源之助は自身番を出た。

　源太郎から聞いたお春を訪ねることにした。

「源太郎の邪魔をしているわけではない」

　源之助は自分に言い聞かせるように呟くとお春の家にやって来た。

「許せよ」

　格子戸を開けて訪《おとな》いを入れる。

しばらくして、

「はあい」

意外にもしっかりとした声音で返された。お春、悲しみで打ちひしがれていると思ったけに意外な思いである。すぐに玄関にやって来たお春は源之助を八丁堀同心と見たようでおやっという顔になった。源之助は素性を名乗った。

「北町の蔵間さまですか。あの、先ほどいらっしゃった同心さまも北町の蔵間さまとおっしゃいましたが……」

お春が訝《いぶか》しむのももっともである。

「先ほどまいったのはわたしの息子なのだ」

できるだけ柔らかな顔で言った。

「はあ、その、よくわかりませんが、お父上さまと御子息で伊三郎さん殺しをお調べになるのでしょうか」

「いや、そういうわけではないのだ。わたしはな、伊三郎殺しを調べておるわけではない。三年前の盗みの一件について話が聞きたいのだ」

源之助が答えると春は首を傾げながらも、まあ、お上がりくださいと源之助を居間に上げた。

「このたびはご愁傷さまだな」

まずは伊三郎の死を悼《いた》んだ。お春も神妙な顔で応じた。

「それで、三年前の盗みの一件なのだがな、そなた何か聞いておらぬか」

源之助の問いかけに、

「瓢吉さんが盗んだと聞いています」

お春は即答した。その顔にはなんら作意は感じられない。

「瓢吉、随分と評判のいい男であったそうだな」

「ええ、とても親切でしたよ。飾り職人ということで手先が器用でしたのでね、台所の棚を作ってくれたり、穴が空いた床を補修してくれたりしてくれましたよ」

「お結といい仲であったのだな」

「お嬢さん、今は女将さんですけど、それはもう仲がおよろしくて、それだけに旦那さまが夫婦になることをお許しにならないんで、とても可哀そうでした。でも、一時はうれしそうにしておられたこともあったのです。やっと、旦那さまが瓢吉さんとの仲を認めてくれそうだって、はしゃいでおられました。わたしたち女中も祝福したんですよ」

「ほう、そうなのか。しかし、結局は一緒になれなかったのであろう」

意外な思いで問い直すと、

「そうなんです。それから数日と経たないうちに、やっぱり、旦那さまが認めてくれないって。なんでも親戚や番頭さんから反対されたのだとか。お嬢さんは商いのできるお婿さんをとって、豊州屋の暖簾を守っていくべきだってことになったんだそうです。ですから、お嬢さん、以前にも増して悲しそうにしていらっしゃいましたよ。そうですよね、ぬか喜びになってしまったんですもの」

一人娘の頼みを一旦は吉次郎も聞き届けかけたということだ。吉次郎に許されて瓢吉と所帯が持てるという幸せを噛みしめたお結の失望たるや想像するに余りあるものがあろう。極楽から地獄へ落とされたような心持ちではなかっただろうか。

自他ともに認める女心に疎い源之助でもその時のお結の心情を思い、同情せずにはいられなかった。

「そなたは、伊三郎と深く言い交した仲であったのだな」

源之助の問いかけに、お春は目をしょぼしょぼとさせた。

「いい仲であった伊三郎がお結の婿養子になった」

そこで源之助は言葉を止めた。

わずかの間うつむいたお春だったがきっと顔を上げ、さばさばした様子で語り始めた。

「正直、とても悲しいといいますか、悔しいといいますか、納得できるものではありませんでした。伊三郎さんだって、とっても申し訳なさそうで。でも、伊三郎さんのことを思えばわたしは身を引こうと思ったんですよ。だって、わたしと一緒になるより、お嬢さんのお婿さんになる方が、豊州屋の主人になる方が幸せですもの」

「盗みの一件に話を戻すが、花見の場にそなたもいたのか」

「はい、旦那さまがわたしたち女中も呼んでくださいましたので」

「その時、吉次郎の周りには誰がいたのだ」

「お嬢さんと番頭さんです」

三人が同じ毛氈で飲み食いをしていたということだ。

「女中たちばかりで同じ毛氈、手代や下男、出入りの職人さんたちが同じ毛氈でした」

「吉次郎の金を盗む機会があったのは、誰だ」

「花見の席でございましたのでお酒も入りました。一つ所にいるはずもなく、時が経てば座も乱れます。歌を唄ったり、踊ったりする人たちもいました。誰が何処で何をしていたかなんて、誰も注意していなかったと思います。ですから、誰でも盗む機会はあったのではないでしょうか」

記憶の糸を手繰《たぐ》るように天井を見上げながらお春は言った。

ところが源之助は思い出した。大木の調べでは、吉次郎は用心深く、信玄袋を傍《かたわ》らに置いて放さず、小用に立った時はお結か番頭の与一に頼んでいたそうだ。

吉次郎が小用に立ったのは三回、しきりと、

「小便が近くなっていけない」

と、ぼやき、そのたびにお結に早く婿を貰って隠居させてくれと語り掛けていたので、お結は辟易《へきえき》としていたと。

「瓢吉は手代たちに交じっておったのだな」

源之助が確かめると、

「瓢吉さんは、とても愛想のいいお方でしたので、手代さんたちやわたしたち女中の席、時には旦那さまの席を回ってお酌《しゃく》をしたりしておられましたよ」

お春は言った。

大木の取り調べによると、瓢吉ならば吉次郎の席に出入りしても不思議はないし、そもそも不自然ではないことから瓢吉は疑われたのである。

「番頭の与一も盗む機会はあったのだな」

ぽつりと源之助が言うと、お春は無言であった。

与一は機会はあったが、そんなことをするはずはないと大木は考えていた。何故なら与一は先代の頃から四十五年に亘《わた》って豊州屋に奉公し、吉次郎の信頼は厚く、しかもお得意先の受けが抜群によかった。それに、豊州屋でも手厚く与一を遇していた。

「五十両くらいの金を盗むはずがない」

大木は結論づけていた。

それは確かだろう。もし、五十両を盗んだとしても、見つかったら破滅である。そんな危険を犯さずとも与一は暮らしに困っていない。それに、与一は銭金には淡泊であったという評判もあった。

銭金に目の色を変えるどころか、自分の給金から銭に苦労している奉公人の面倒をみてやっていたのだ。

五十両を盗むはずはない。

では、お結はどうだろう。

まさか、そんなことは絶対にあり得ない。それでもあらゆることを疑うのが探索の基本である。

「お結だが」

源之助はお春を見た。

「なんでしょうか」

お春は見返す。

「お結が盗んだということはないか」

そんなことはなかろうと思いながら源之助は問いかけた。

二

「お嬢さんかもしれません」

意外にもお春は認めた。

「なんだと」

問いかけた源之助の方が意外な思いとなって訊き返す。

「そんな、噂があることはあったのです」

お春は、その盗みの騒動が起きた時に女中や奉公人たちの間で噂になったことを語った。

「ですが、番頭さんや旦那さまからきつくそのことを言うことを止められたのです。

決して口外するなと。わたしたちも怖くて迂闊《うかつ》なことは言えませんでした」

と、当時のことが思い出されたのか、お春は複雑な顔つきとなった。

「どうして、お結の仕業《しわざ》などという噂が立ったのだ」

「お嬢さんの縁談が本決まりとなりかけたからだということです」

「伊三郎との縁談か」

「はい」

「すると、お結は瓢吉と添い遂げることができないのなら、いっそのこと、瓢吉が罪人にでもなった方がよいと考えたのか。お結は相当に嫉妬深い性質《たち》であったのか」

女心は苦手であるが、それくらいの想像は源之助にもできる。女の気持ちとして自分以外の女と一緒になることを妬む気持ちが生じることは十分に理解できる。源之助がお結を訪ねた時、お結の見せた冷ややかさは、かつては慈《いつく》しんだ男の濡れ衣を晴らすことへの警戒と不快感、それは自分の罪を暴かれたくないという気持ちと同時にせっかく断ち切った瓢吉への想いが蘇《よみがえ》ることを戒める意味もあったのではないだろうか。

「それもあるかもしれません。お嬢さんは、生まれながらに欲しい物は全て手に入れないでは気のすまない人でした」

また、吉次郎は一人娘ゆえ、お結の欲しい物はなんでも買ってやったそうだ。まさしく、お結は蝶よ花よと育てられた箱入り娘である。

「ですから、瓢吉さんのことも手に入れたかったけど、手に入れられないとわかったら今度は他の女に渡したくはないと思ったのかもしれません」

お春の言うことはもっともな気がする。

「それで、五十両盗んだ咎《とが》で瓢吉を罪人に陥れた」

「そうです」

「だが、瓢吉は死罪になるかもしれなかったのだぞ。いくらなんでも、死罪を賜るような罪に陥れるものであろうかな」

源之助が疑問を投げかけると、

「ですから、お嬢さんは必死で瓢吉さんの罪が軽くなるよう訴えたのでございます」

お春の言葉で源之助は思い出した。

大木の取り調べが終わり、与力に吟味の場が移ると、お結はひたすらに瓢吉の罪が軽くなることを訴えた。愛する男が死罪になることに耐えられないのは当然のことだ。

するとお春は、

「瓢吉さんの死罪を免れるということは当然のことと思いますが、本来なら無実を訴えるのではないでしょうか」

と、疑問を呈した。

「なるほど、それももっともだな。しかし、瓢吉が下手人と確定されてしまった以上、無実を訴えるよりは罪を減じるのが現実的と考えたのかもしれんぞ」

「そういう考えもありますが、もう一つ、わたしたちの間で噂されたことがあります」

「なんだ」

「お嬢さんは瓢吉さんと夫婦になることに旦那さまのお許しが出ないので、駆け落ちを考えておられました。ですから、五十両はそのための費用になさろうとしたのではと」

お春の答えは筋は通る。

自分がしでかしたこと、それを瓢吉に負わせてしまった。瓢吉は自分の身代わりとなってくれた。だから、絶対に死罪にだけはできない。

いや、それはおかしい。

寅吉の話では、瓢吉は無実を死ぬまで訴えていたという。もし、駆け落ちの資金であるとしたなら、お結のことを庇《かば》ったとしても、自分は無実だとは訴え続けなかったのではないか。

それに、駆け落ちの資金ということなら、盗みが発覚した時、お結は吉次郎に謝り、穏便に処置をしてもらったであろう。第一、花見の席で盗むなどするだろうか。それとも、花見の席から二人して駆け落ちをするつもりだったのか。瓢吉は知らずとも、お結はそうした決意を抱いていたということだろうか。

駆け落ち資金というのはどうも受け入れ難い。

「そなたは、お結が盗んだと思っているのだな」

改めて問うと、

「半信半疑でございます。ただ、わたしも、瓢吉さんが盗んだとは思えません。瓢吉さんは他人のお金を盗むようなお人では決してありませんでした」

お春も瓢吉の無実を信じているのだ。

誰もが瓢吉は無実だと思っていた。それにもかかわらず、物証が瓢吉を罪人にしたのである。

「どうにもわからぬな」

源之助は判断に窮した。

「蔵間さま、もし、五十両を盗んだのが瓢吉さんではないとわかったら、どうなるのでしょう」

「八丈島で瓢吉は死んだ。生き返るわけではないし、只一人の身寄りであった母親も鬼籍に入ったと聞いた。だが、濡れ衣は晴れ、瓢吉は無事に成仏《じょうぶつ》できるというものだ」

「瓢吉さんの濡れ衣が晴れるということは、真の下手人が見つかるということですよね」

「お結であったなら、お結はどうなるのかと訊きたいのだな」

源之助の問いかけにお春はうなずいた。

「実際は法では裁けぬな。一旦、裁許が下り、しかも、罪人が死んでしまった一件を蒸し返して吟味をやり直すことはない」

「そういうものですか……」

お春の声がしぼんだ。

「残念か」

「いえ、そういうわけでは……」

目を伏せたお春は、お結を憎んでいることを知られたくないようだ。

「しかしな、真の下手人とて決して心穏やかに過ごすことはできぬはずだ。おそらくは、江戸にはいられなくなるだろう」

「そうですよね。悪事を働いてのうのうと生きてゆくっていうのは、お天道さまがお許しになりませんよ、絶対に」

「そういうことだ。伊三郎を殺した者も必ず捕まり、罪の報いを受けるに違いない。そのことは請け負う。必ずな」

源之助は力強く言った。

お春はぺこりと頭を下げた。

ここで古川殺しの一件が思い出された。

「ところで、古川伊織という学者を存じておるか」

「はい、たびたび、お店にいらっしゃいましたが……」

お春の顔が曇ったのは古川が殺されたことが脳裏を過《よぎ》ったからだろう。

案の定、

「弟子の木下又右衛門のことも知っておるな」

と、尋ねると、

「古川先生、木下さまに殺されたのですね」

と、即座に返した。

「時期は五十両の盗みが起きて間もなくのことであったな」

「はい、よく、覚えています。立て続けに、豊州屋に関係して事件が起きたのですから、不吉だと、みなが騒いでおりましたよ」

当時のことが蘇ったのか、お春は身をすくめた。

「古川と木下は相撲のことで揉めて喧嘩沙汰となり、それが因縁となって、木下は師である古川を殺したと耳にしたが、どうなのだ」

源之助の問いかけに、

「旦那さまも相撲が大好きでございます。西條さまお抱えのお相撲さんたちに御馳走したり、お小遣いを差し上げたりと、本当にお好きでございます」

お春の言葉の裏には、奉公人たちにはけちな吉次郎が相撲取りには大盤振舞《おおばんぶるまい》をすることへのやっかみが感じられた。

「ならば、古川がたびたび豊州屋を訪れていたのは相撲に絡んでのことか」

「それもあります。それに加えて、旦那さまは学問好きでもいらっしゃいますので、古川先生や木下さまの講義を聞きたがっておられたのです」

「古川と木下の争い、吉次郎はなんと申しておったのだ」

「あれは、木下さまが悪いと申しておられました」

「何故だ」

「木下さまが裏切ったのだと憤慨しておられました」

「裏切りとは学問上のことか」

「違います、お相撲のことです。木下さまは水戸さまに仕官なさったのです。水戸さまは西條さまとは相撲の競争相手でございますから」

「やはりか」

西條家下屋敷で斉英は木下が水戸家に仕官したことを古川は妬んでいなかったと言っていたが、やはり恨んでいたのだろう。彰考館への仕官は気にしなくても、水戸家のことを西條家と相撲で争っていることで嫌い、そんな最中、行司の軍配差し違え騒動が起きて、二人は対立したのではないのか。

これで、筋は通る。

いや、もやもやとした気分のままだ。どうしても引っかかるのは、相撲の言い争いが命のやり取りをするようなことかという疑問が拭えないからだ。

源之助には到底理解できない、相撲への強い思いが古川と木下にはあるのかもしれない。

「お通夜には出るのだな」

「はい」

お春は目を伏せた。

三

五日に伊三郎の野辺の送りが済み、六日より豊州屋は営業が再開された。お結は商いの先頭に立ち、気丈にも女将としての務めを果たしている。その姿は世の共感を呼び、店は繁盛している。

源之助が姿を見せると、お結は躊躇《ためら》うことも迷惑がることもなく、源之助を客間へと案内した。

悔やみの言葉を述べてから、

「大した繁盛ぶりだな」

源之助が言うと、

「お客さまのお蔭でございます」

殊勝な顔でお結は返した。

「いやいや、どうして、そなたは大した女将ぶりであるな」

源之助の言葉に恐れ入りますと頭を下げてから、

「本日は瓢吉さんのことでございますか」

「そうだ」

「何かわかったことがあるのですか」

「面白い噂を耳にした。そなたに関することだ」

源之助が言うと、

「おおよその察しはつきます。わたくしが五十両を盗み、瓢吉さんに罪をなすりつけたということでございましょう」

なんらぶれることなく、お結は言った。

「そうだ」

源之助もうなずく。

お結はしばらく口を閉ざしていたが、やがて声を上げて笑った。ひとしきり笑い終えてから、

「誰が申したのかは見当がつきます」

「誰だと思う」

「お春でございましょう」

きっぱりお結は言う。

「いかに思うか」

「まず、根も葉もないことと申しておきます。そして、わたしはお春こそが五十両を盗み、瓢吉さんに罪をなすりつけたのではと疑っております」

「どういうことだ」

「お察しください」

「伊三郎か」

「そうです。お春は伊三郎と一緒になりたくて仕方がなかったんです。それが、番頭の与一さんと父がわたしの婿に見込んだものだから、夫婦になれなくなってしまった。だから、その悔しさから、わたしへの意趣返しに五十両を盗み、瓢吉さんを陥れたんです」

お結の目に憎しみの炎が立ち上った。

「まるで反対のことを申しておるというわけだな」

源之助は苦笑を漏らした。

お結は表情を落ち着かせ、

「ですから、わたしは申したのです。今更、蒸し返したところで不幸を呼ぶだけだと」

「なるほどな」

「蔵間さま、わたしの申すこともお春が申すことも、どちらとも真相だとはお考えではないでしょう」

「判断できぬな」

「すると、更にお調べをなさる。そうすれば、せっかく癒えた、もう済んだことが蒸し返され、怨念も一緒に呼び起こされてしまうのです。せっかく、三年の年月をかけて封印したことが蘇ってしまうのです。そして、新たな怨念を生み、それが新たな罪を生むのです」

お結の目は怖いほどに凝らされた。唇が蒼くなり、源之助ですらも容易には声をかけられないほどである。

お結は続けた。

「わたしは、お春のことを恨みましたが、じっと堪えてきたのです。伊三郎のことも目を瞑っていたのです。これで、お春のわたしに対する憎しみが少しでも和らいでくれたらいいと考えてのことです」

それは辛い日々であっただろう。いかに好き合って夫婦になった相手ではないとはいえ、亭主が女を、しかも、女中奉公していた女を囲っていることを黙認していたのだ。

「怨念は伊三郎殺しとなって姿を現したと申すか」

源之助が言うと、

「おっしゃる通りだと思います」

しっかりとお結は肯定した。

「まさか、そなたが伊三郎を殺したと申すか」

「殺しておりません。わたしは、伊三郎にもお春のことも、怒りも憎しみも湧かなくなったのでございます」

今度は更に明瞭な口調でお結は否定した。

「ならば、問う。古川伊織と木下のことだ」

源之助が言うと、

「また、三年前の事件でございますね」

鼻白《はなじろ》んだお結はいい加減にしてくれと言いたいようだ。

「二人は吉次郎と親しかったのだな」

「相撲好きでございましたね」

「相撲のことで二人は揉めて、命のやり取りにまで及んだということだな」

「そのようでございます。蔵間さま、そのことも蒸し返そうとなさっておられるのですか」

お結は冷めている。

「それもまた、怨念を呼び起こすだけだと申すか」

源之助は言った。

「もちろんです」

「ということは、もしかして五十両の盗難と関わっているのではあるまいな」

「そのようなことは申しません」

「そうか、関わりがあるのだな」

源之助は確信した。

「どう、受け止められようと勝手ですが、これ以上、昔のことは蒸し返さないでください」

「昔ではない。たった、三年前のことだ」

「三年あれば、人の心は変わります」

達観した物言いをお結はした。

「なるほど、そうかもしれぬ。だがな、たとえ人の心は変わっても、真実は変わらないのだ」

源之助は言った。

「なるほど、さすがは北町の同心さまです。蔵間さま、さぞや敏腕と評判でございましょう」

「あいにくと、南北町奉行所一の暇な役職にある。暇ゆえに、以前の事件を蒸し返すことができるのだ。そなたには迷惑この上なかろうがな」

源之助は愉快そうに笑った。お結はそのことには言及せず、

「父にも会われますか」

「会いたいな」

「ですが、なんの成果も挙げられませぬかと。寝たきりでございますので」

お結は立ち上がると、源之助を案内して母屋へと向かった。

母屋の寝間で吉次郎は床に臥せっていた。お結が枕元に行き、耳元で何事か囁いた。それでも吉次郎はうつろな目でお結の言葉を理解しているのかどうかもわからない。言葉を交すこともできない有様であった。

「おとっつあん、粥《かゆ》は食べないの」

枕元にある粥をお結は持ち上げた。吉次郎はそれを黙って見ているだけだ。

「美味《おい》しいのよ」

そう言っても吉次郎は返事もできない。

「わかった。もう、よい」

居たたまれなくなり源之助はお結に声をかけた。

「昨年の秋から、こんな有様ですから、何もお役には立てず、申し訳ございません」

お結は頭を下げた。

「わかった。すまなかったな」

源之助は立ち上がった。

お結は店の外まで送って来た。

「蔵間さま、何度も同じことを申します。これ以上、三年前のことは蒸し返さないでください。そうでないと、もっと、恐ろしいことが起きそうでございます」

お結の危惧を受け止め、

「もっと、恐ろしいこととは、死者が出るということか」

「はい」

「誰が殺されると申すのだ」

「わかりません」

「世迷言《よまいごと》ではないようだが、死者が出るということは三年前の出来事にはやはり、表立っての落着では済まない、深い闇があるのだな」

「闇を蒸し返すことはないのです」

「あいにくと、へそ曲がりでな。闇には明かりを灯したくなるのだ」

源之助は言った。

「蔵間さま、とても立派なお役人さまだと思います。ですが、この世には諦めた方がいいこともあるのです。生意気な口のききようで申し訳なく存じますが、わたしはそのように考えております」

この女将なりに苦労した末の考えなのに違いない。

「そなたの言葉、決しておろそかには受け取らぬ。だがな、わたしにも曲げられぬことがあるのだ。たとえ、命に代えても守らねばならぬことがな」

「よくわかりました」

「ならば、また、来る。たとえ、どんなに嫌がられてもな」

強い意志を源之助は目に込めた。

いかつい顔が際立ったが、お結はたじろぐことなく、

「わかりました。わたしも、蔵間さまから決して逃げませぬ」

毅然とお結は受けて立った。

「ならば、今日はこれで」

源之助は足早に去った。

四

明くる七日の朝、源之助は大木を見舞った。

大木は寝間にいたが、源之助の来訪を妻から聞いて居間まで出て来た。寝巻姿を詫び、源之助と面談に及んだ。大木は思ったよりも元気そうで、血色がいい。

源之助はまず大木の健康を気遣ってから、これまでの探索の経緯を語った。

「まず、殺しの一件でござるが、古川伊織は木下と相撲の歴史を巡って争い事を起こしたと西條の大殿さまから伺いました。歴史とは具体的に申すと、行司は軍配差し違えの際に切腹すべきかどうかを争っていたということでござった。大木さん、いかが

思われる」

源之助の問いかけに、

「行司の軍配差し違えを巡って師匠と弟子が喧嘩をし、それによって弟子が師匠を殺した、などということ、蔵間さんだって信じられないだろう」

大木は顔をつるりと撫でながら問い返してきた。

「では、大木さんは殺しの動機をなんだと考えておられた」

「木下を追及しても、何も申さなかった。これはわしの勘なのだがな、そのような学術上の争いではなかった気がする。もっと、生臭いものを感じた。どろどろとしたものをな」

「大木さんまでそんなことを」

源之助は苦笑を漏らした。

「までとは」

大木がいぶかしんだところで、

「実は、豊州屋のお結がそんなことを申しましてな」

お結が三年前の怨念を蘇らせてはならないと、源之助に事件の蒸し返しを留めたことを話した。

「お結が……。それは、それは」

大木は複雑な笑いを浮かべた。

「いかがされた」

「お結、ずいぶんと立派になったものだと思った次第。三年前の箱入り娘とはえらい違いだ。あの時はひたすら、瓢吉のことを心配し、おろおろとするばかりであったが」

「三年経てば、人の心は変わるとお結は申しておりましたな。では、お春を覚えておられよう」

「覚えておりますとも。お春、伊三郎と恋仲であったのが、切り裂かれてしまい、気の毒な最中であったが、その後、伊三郎に囲われたことは知っておる」

「お春はお結が五十両を盗み、瓢吉に罪を負わせたと申しました。理由は二つ考えられ、一つは瓢吉を他の女に渡したくはなかったということ、もう一つは一緒に駆け落ちをしようとしてその資金にしようとしたかもしれないということでござる」

「お春はそう申しましたか」

大木は苦笑を漏らした。

「お結にそのことをぶつけたところ、お結は一笑に付し、お春こそ、伊三郎を奪われた腹いせに五十両を盗んで瓢吉に罪を負わせたのだと申しました」

「二人の女、三年が過ぎて、すっかり胆《きも》が太くなったというわけだな」

大木はおかしそうに笑った。

「女は怖いですな」

源之助も苦笑いを浮かべる。

「お結とお春、まさしく対象的な二人でござるな」

「かたや箱入り娘で老舗の小間物問屋の女将、かたや、女中奉公を続け、老舗の小間物問屋の旦那の囲われ者、お結が言ったように三年前とは二人の立場も一変しておりますな。それが蒸し返され、怨念となって姿を現すのかもしれん。そのきっかけを作った熊殺しの寅吉は相撲取り、なんだか、怨念の底に相撲がありそうですな。いや、考え過ぎか」

源之助は視線を凝らした。

「相撲か」

大木は庭に視線を這わせた。

「いかが思われる」

「たまたまだな。蔵間源之助ともあろう者が、たまたまなことに惑わされてはならんぞ」

皮肉まじりに言われてしまった。

すると、

「失礼致す」

玄関で大きな声が聞こえた。

「矢作か」

大木はうれしそうな顔をした。矢作兵庫助が歩いて来た。

「おお、親父殿もか」

矢作はどっかと座り込んだ。それから、

「大木さん、達者そうですな」

「悪いか。おまえ、わしが早くくたばればいいと思っておるのだろう」

「くたばれとまでは思わんが、はやいとこ隠居したらどうだ」

矢作は言葉は辛辣《しんらつ》だが、言葉とは裏腹な親愛の情が感じ取れた。

「おまえが辞めるまでは辞めんぞ」

大木も笑った。

それから、

「大木さんの影御用、どうなった」

矢作が問うてきた。

「今も話したところだがな、思いもかけない深い闇が広がっていそうだ」

源之助が言うと、

「さすがは蔵間さんだ。わしでは、踏み込めなかった所まで入って行かれるぞ。外様、国持ち格の大名家にも平気で踏み込み、大殿さまにも物怖じせずに聞き込みを行ったのだからな」

大木が言い添えた。

「それほどではござらん」

源之助が頭をかくと、

「親父殿、謙遜するな」

矢作は説明を求めた。

ひとしきり経緯を話してから、矢作は唸った。

「ともかく、もっと、わたしは踏み込む」

源之助は決意を示した。

「頼もしい限りだ。蔵間さんに頼んでよかった」

大木は笑顔を見せた。

「その言葉、闇を明かりで照らしてから、お受け致す」

源之助が答えると、

「いいこと言うな」

大木は矢作に言った。

「親父殿、おれも手伝うぞ」

矢作はうずうずしている。

「おまえは大人しくしていろ。今度ばかりはおまえの出番はない。殺しも盗みも南町が落着と判断した事件ではないか」

「だが、新たに伊三郎殺しが起きただろう。過去の事件をほじくり返すばかりじゃないぞ」

「あれは、源太郎が探索している」

「親父殿だって、源太郎が担当しておろうとかまわずに探索するつもりなのだろう」

「あくまで、古川伊織殺しと豊州屋の盗みの一件に絡んでのことだ」

源之助は言い張った。

「無理やりだな。それで通用すると思うか。ま、蔵間源之助のやることに、文句をつける者はおらんがな。その点、矢作兵庫助が動くと目立っていかん」

残念そうに矢作が憮然とした。

「おいおい、病人の前で愚痴を並べてどうするのだ。愚痴なら他で言ってくれ」

大木が顔をしかめると、

「実はな、関係するかどうかわからんが、ちょっとした土産話《みやげ》を持って来たのだ」

矢作は勿体《もったい》をつけるように空咳《からせき》を一つ、こほんとした。それから、

「豊州屋吉次郎は熊殺しの寅吉と非常に親しかった」

「親しかったのは、寅吉の無双嶽時代、つまり、力士時代のことだろう」

源之助が問い直すと、

「力士時代も懇意にしていたそうだが、あいつが博徒《ばくと》になってからもだ」

「寅吉の賭場に出入りしていたということか」

「それだけではない」

「なんだ、勿体をつけるな」

「大きな賭博をやっていたんだが、これは丁半博打《ばくち》だけではないんだ」

「と、いうと他の博打か」

「相撲の勝ち負けだよ」

「相撲賭博か」

「そういうことだ」

矢作はにんまりとした。

「相撲賭博、面白そうな話になってきたではないか」

大木が手をこすり合わせた。

「いかにも面白そうだろう。だがな、話はそれで終わりというわけじゃないんだぜ、その賭博にはな、実に大金が絡んでいた」

矢作は言った。

「どれくらいの金だ」

源之助が訊くと、

「一日の勝負に千両は動いたそうだ」

「歌舞伎、魚河岸《うおがし》、吉原《よしわら》並みということだな、これは凄いのう」

大木はふんふんと感心したように繰り返した。

「その相撲賭博を仕切っていたのは豊州屋吉次郎らしいのだ」

更に興味深いネタを矢作は提供した。

「おまえ、どうしてそのことを知った」

源之助の問いかけに、

「牛殺《うしごろ》しの太助《たすけ》って野郎、通称牛太《ぎゅうた》をとっ捕まえたんだよ」

牛殺しの太助は寅吉の子分であった。寅吉が八丈島に流されてから、しばらく、江戸を離れていたが、二年前に戻って来て、寅吉のしまを受け継いだという噂があった。

五

「太助の奴、この近所で喧嘩騒ぎを起こしやがった。通りすがりに店者《たなもの》が足を踏んだとか言って因縁をつけて脅していやがった。おれはあいつの襟首を摑んで、こんなところで何をやっているんだって」

太助は目こぼしを頼んできたそうだ。また、賭場をやっているのかと厳しく問い詰めたところ、太助はそんなことはしていないと否定した。

「何で暮らしているんだって訊くと、色々と雑用をしているなんて曖昧なことを言いやがった。この際だ、じっくりと調べてやろうと思って、あいつを番屋に引っ張って、所持品を調べたら、あの野郎、懐《ふところ》に三百両持っていやがったんだ」

当然のこと、矢作は金の出所を追及した。

「最初のうちは博打で勝った金だの、富くじに当たったんだと、惚《とぼ》けていやがったが、次第にまじめな顔になりやがってな、この金は預かり物だと言い出した」

太助は誰から預かっているのかは迷惑がかかると白状しないそうだ。

「三百両と一緒に、相撲の取り組み表があった。おれは、相撲賭博に絡む金だと勘繰ったという寸法さ。で、あいつが寅吉の下で相撲賭博をやっていたことを思い出したんだよ」

矢作は言った。

「寅吉、八丈島から戻って来て、今も相撲賭博をやっているのか」

大木が口を挟んできた。

「確証はないが、やっていてもおかしくはないな」

矢作は源之助を見た。

「寅吉は今、西條さまのお抱え力士だ。賭博に絡むような危ないことには手出しはしないと思うがな。それに、かつて相撲賭博を仕切っていた豊州屋吉次郎は病の床にある。楽しみで賭けることはしても、仕切るまではできるかどうか」

判断に迷う源之助に、

「そうだよな。すると、目下《もっか》、相撲賭博を仕切っているのは誰だろう。太助の奴を責めて、吐かせるか」

矢作は腕を鳴らした。

「それよりは、泳がせてはどうだ。三百両、届け先があるのだろう」

源之助の提案を、

「それがいいぞ」

大木も賛同した。

「まどろっこしいが、そうするか」

矢作も受け入れた。

ふと源之助が、

「古川伊織殺し、ひょっとして相撲賭博絡みかもしれぬな」

と、言った。

たちまち、大木が、

「なるほど、それだ。相撲の歴史だの、行司のあり方だのよりも、欲が絡んでのことの方が殺しの動機にふさわしい。もっとも、殺しの動機にふさわしいもふさわしくないもないのだがな。間違いないだろう。古川は西條家と水戸家の相撲での結びの一番、行司軍配差し違えにより西條家が負け、相撲賭博で大損した。その腹いせに行司を切腹させようとした。しかし、木下はそんな例はないと反論し、やがて、古川が相撲賭博で大損をしたことを知った。おまけに古川によって水戸家への仕官の道も断たれたとあって、古川への憎悪を募らせたのだろう」

源之助も賛同してから、

「お結が、瓢吉の濡れ衣を晴らすことを望まないのは、お結も相撲賭博の闇を知り、その闇をわたしに探り出して欲しくないのかもしれぬな」

「なるほど、そうかもしれん」

矢作も首を縦に振った。

「ならば、まいるか」

源之助は立ち上がった。

「おう、やるぞ」

矢作も応じる。

矢作は八丁堀にある自身番に入って行った。

太助が、

「旦那、そろそろ、勘弁してもらえませんか」

と、拝んできた。

「三百両の預かり先、吐け」

白状する気はないと承知をしつつ問いかける。

「ですから、勘弁してくださいよ。あっしはね、偶々《たまたま》、お使いで届けるだけなんですから」

白々しい嘘を平気で言う。

矢作はにやりとして、

「ところで、寅吉とは会っているのか」

「親分とは会っていませんよ。親分が八丈島に流されて以来、会っていません。なんでも御赦免になって江戸に戻っていらしたってことは風の便りで知ってますがね」

「西條さまのお抱え力士に戻ったのだぞ」

「それも聞きました。親分なら、また関脇を張れるでしょうね」

「寅吉が関わっていた相撲賭博の方、今、どうなっているのだろうな」

「さてね、とんと博打とも関わっておりませんや」

太助はかぶりを振った。

「ま、いい。ともかく、三百両もの大金だ。しっかりと、落とさずに行けよ」

矢作は言った。

「へい、旦那もお達者で」

太助はぺこりと頭を下げると八丁堀の自身番を出た。

辺りを見回し、警戒している。自身番を振り返って矢作がつけてこないかを用心するように見定めていた。しばらく佇《たたず》んで、矢作が姿を現さないか見ている。矢作が出て来ないことを見極めてからゆっくりと歩き始めた。

源之助は間合いを保ち、太助のあとを追った。太助は最初の頃こそ、周囲を見回し、振り返り、用心を怠らなかったが、四半時もし、人混みに紛れると一直線に歩き出した。

太助は両国橋《りょうごくばし》を渡り、深川へと向かう。

「これは、ひょっとして」

源之助は太助の行き先が豊州屋ではないかと見当をつけた。

案の定、太助は富岡八幡宮へと足を向けている。

すると、太助は豊州屋の裏手に回った。

源之助が追いついた時には、太助は豊州屋の母屋へと姿をくらましていた。吉次郎はまだ相撲賭博を仕切っているのだろうか。いや、病床の吉次郎に代わって、お結が仕切っているのかもしれない。

源之助の脳裏に憂鬱げなお結の顔が浮かんだ。

母屋に足を踏み入れようとしたところで、

「蔵間さま」

囁くような声で背後から呼びかけられた。

振り向くと京次が立っている。

「おお、どうした」

言いながら、源之助は京次を天水桶の陰に導いた。京次も源之助の秘密めいた行動に慌てずに従う。

京次は、

「お春、殺されたんですよ」

と、言った。

「そうか」

源之助は天を仰いだ。

お結が言っていた闇が蘇り、現在に災いをもたらしているのかもしれない。そんなことがあってはならないと思いつつも、やはり、己の意固地《いこじ》さがお春を殺してしまったのではないかという思いとなって胸が塞がれた。

「今朝、山本町の三軒長屋の寝間で胸を刺されて殺されているのを、大家の女房が見つけましたよ」

医者の見立てでは、殺されたのは昨日の夜のことだったそうだ。

「下手人は見つかったのか」

見つかってはいないだろうという思いを胸に問いかける。

「今、探索中です」

京次は豊州屋への聞き込みにやって来たところだそうだ。源太郎は検死の立ち合いと大家への聞き込みを行っているという。

「伊三郎殺しと関係あると、源太郎さんもあっしも睨んでいますよ」

「当然だろうな。すると、目下《もっか》のところ怪しいのは」

源之助は豊州屋の母屋をちらっと見た。

「ええ、お結ってことになりますね」

京次は言った。

「お結か」

呟いてからお結の顔を思い浮かべ、源之助は思案をする。

「蔵間さまはどうお考えになりますか」

「伊三郎もお春も刃物で殺《あや》められたのであろう」

「女の仕業じゃないってお考えですか」

「刃物を使ったから女の仕業ではないとは言えんが、憎しみの余りかっとなって殺したとも考えられる。特に伊三郎はめった刺しにされていた。これは、憎しみからやられたとも考えられるな。お春はどうだったのだ」

「心の臓と首を刺されていましたね。そらもう、一面、血の海というくらいに酷い有様でしたよ」

京次は怖気《おぞけ》を震《ふる》った。

「だから、女の仕業ではないとは言い切れんな。お結には伊三郎を殺す動機もお春を殺したいという憎しみもある。だから、お結こそが下手人にふさわしいとも言えるが……。もっとも、ふさわしい者が殺しをするとは限らんのだがな」

ふと、大木の言葉を思い出した。

「蔵間さま、一緒にお結の聞き込みをしますか」

京次の誘いかけに、

「いや、やめておく。わたしが関わっては源太郎に迷惑がかかるからな」

源之助は言った。

「わかりました。なら、あたしが行ってきます」

「しっかりな」

源之助は京次の背中を叩いた。

京次は母屋へと入って行った。すると、番頭の与一が母屋から出て来た。源之助と目が合い、

「これは、蔵間さま」

辞を低くして挨拶をした。

「お春のこと、聞いたぞ」

「まったく、気の毒なことになりました」

与一はうつむいた。

「下手人は誰であろうな」

秘密めいた態度で源之助は問いかけた。

「手前にはとんと見当がつきません」

与一は困惑の表情を浮かべた。

六

京次は母屋の居間でお結と会った。

京次が尋ねる前に、

「お春のことですね」

お結の方からしっかりとした口調で口を開いた。

「そうです。気の毒に、刃物でめった刺しにされていましたよ。辺り一面、血の海でしてね」

敢えて京次はめった刺しだと偽った。お結の表情は変わらない。

「下手人、伊三郎さんと同じだと思うんですよ」

京次が言ったところで、

「親分さん、はっきりとおっしゃってください。わたしをお疑いなのですよね」

お結は余裕たっぷりである。

「なら、申しましょう。疑っているっていうより、伊三郎さんとお春さんを殺したいと思っているのは女将さんですね。もちろん、他にもいるかもしれませんが」

「他人から見ればそうかもしれません。ですが、わたしは伊三郎とお春の仲は目を瞑っていたのです。伊三郎とお春が密に関係しようと切れようと、わたしにはどうでもいいことなのです。ですから、殺そうなどと思うはずがありません」

冷めた口調でお結は言った。

「なるほど、そういうこってすか」

「おわかりいただけましたか」

「一応お話は伺いましたが、昨日の晩、女将さん、どちらにいらっしゃいました」

京次は問いかけた。

「うちにおりました。一歩も外には出ておりません」

淡々とお結は答える。

「それは、誰かが確かめられますか」

「寝ておりましたので、わたしは寝間には一人ですからね、証人はあいにくおりません。ですから、親分さんのお疑いが晴れないのも仕方がないことですね。だからといって、そんなことでわたしを伊三郎とお春殺しの下手人としてお縄になさるのですか」

お結の目がきつく凝らされた。

「いや、いくらなんでも、それではお縄にできませんや」

気圧《けお》されたように京次が答える。

「では、お話は済んだのですね」

「今日のところは」

「蔵間源之助さまを御存じですね」

不意にお結が問いかけてきた。

「蔵間さまがどうかなさいましたか」

「わたし、蔵間さまに申し上げたのです。三年前の一件を蒸し返すととんでもない怨念が息を吹き返すと。だから、おやめになった方がいいと」

「伊三郎さんとお春さん殺しがそれを表しているとおっしゃりたいんですか」

京次は背筋をぴんと伸ばした。

「わたしはそう思います。これ以上の悲劇は生まない方がいいと思います」

「そのためには二人を殺した下手人をお縄にしないといけませんや」

京次は言った。

「わかりました。蔵間さまによろしくお伝えください」

お結は静かに頭を下げた。

その頃、源之助は与一に、

「お春殺しと伊三郎殺しは同じ下手人だ。心当たりはないか」

ずばり問いかけた。

「さて、恐ろしいことでございますな」

怖気を震って与一は答えた。

「見当はつかないのか」

強い口調で問いかける。

「とんと、見当がつきません。伊三郎は物盗りの仕業ではないのですか。お春も押し込みかもしれません」

「偶然にしては出来過ぎだな。それに、お春は押し込みに入られるような金など持っていたのか。伊三郎はそれほどの金をお春には与えておらぬだろう。実際、月々五両の手当であったはず」

源之助は言った。

「確かにお手当は月に五両でございますな」

「しかし、それだけだったのかはわからん。ひょっとして、大金をお春に与えたのかもしれん」

「でもですよ。かりに、蔵間さまのお考え通り、お春が大金を持っておったとしましてもそのことを知る者などおりましょうか。周囲の者は囲われ者だと感づいておっても、押し込みまでして金を奪おうとするものですかな」

与一は賛成できないとばかりに小さく首を捻った。

「お春が金を持っていたこと、豊州屋の女将であれば知っておるであろうな」

源之助が問うと、

「女将さんをお疑いですか」

「お結はわたしに申した。三年前のことを蒸し返すと怨念が蘇ると。その怨念とはお結が伊三郎とお春に抱いていた恨みではないのか」

「まさか、そのような」

与一は一笑に付した。

「昨夜、お結はどうしておった」

「あたしはお店が終わってから家に帰りましたので、存じません。多分、お休みになってらしたと思いますよ」

「ま、そのことはよい。お結のこと、しかと見張っておれ」

「あたしは豊州屋の番頭です。主人を見張るなどとんでもないことでございます。商人でありましょうと忠義の気持ちはあります」

与一は言った。

「なるほど、それはわかる。だがな、たとえ誰であれ、罪を犯せば罪人だ。それはよいとして、吉次郎の病は重いのか」

「一年ほど前に倒れられてから、床に臥せっておられます」

与一は眉間に皺を刻んだ。

「時には起きて言葉を交わすこともあるのか」

「女将さんとはたまにお話をなさいます。と、申しましてもほとんど、女将さんが今日は何があったとか、商いがどうとかを語ってお聞かせになるという具合でございます」

「相撲の話なども語って聞かせるのであろうな」

「はい、大旦那さまは大変な相撲好きでございますので。女将さんが申されるには、相撲の話をしている時は凄く楽し気《げ》だとおっしゃっておられます」

与一の顔も綻《ほころ》んだ。

「それほどの相撲好きなのだな」

「はい、贔屓の相撲取りに馳走したり、小遣いをやったりと、それはもう大変でございました」

「好きが高じて賭博を仕切っておったそうだな」

ずばり尋ねると、

「そのような噂が立っており、大旦那さまは大層、迷惑がっておられました」

真顔で与一は言う。

「偽りであると申すか」

「そのような商いの道を踏み外すようなことを旦那さまがするはずはありません」

「そう言い切れるか」

「間違いございません」

きっぱりと与一は答える。

「ならば、問う。少し前、太助というやくざ者が店に入って行ったな」

源之助が問いかけると、

「さあ……。存じませんなあ、太助さんなど。お見かけもしておりませんよ」

与一はかぶりを振った。

「太助は三百両もの金をここへ持ち込んで来たに違いないのだ」

「蔵間さま、大旦那さまはとても賭博を仕切れるようなお身体ではございません」

「だから、お結がそれを引き継いでいるのではないのか」

「女将さんが博打を仕切ることなどできるはずがないではありませんか」

与一は語調を強めた。

「ならば、太助はどうして豊州屋にやって来たのだ」

「存じません」

「与一、そなたが応対しておるのではないか」

「今度はわたしをお疑いになるのでございますか。あいにくと、わたしは相撲には全く関心がございません」

「相撲になくとも博打、博打をせずとも、金には興味があろう」

源之助の追求に、

「この歳でございます。金はあればありがたいですが、それほど執着するものではございません。わたしは、生まれてこのかた、博打に手を出したことはないのです」

「では、太助はやはりお結を訪問してきたということではないか」

「さあ、それはどうでしょう。少なくとも女将さんも博打をやったりはなさいません」

きっぱりと与一は言った。

第四章　相撲賭博

一

結局、太助の行方はわからなかった。

お結も与一もそんな男は来なかったと言い張った。奉公人も揃って、太助など見ていないと答えた。

家捜しする強い根拠もなく、そのうち源之助までもが見間違いだったのではと自分の目を疑うまでになってしまった。

一方、源太郎は山本町の聞き込みを行っていた。

お春の家に出入りした者を探ったのだが、あいにくとこちらも見かけた者の話しは得られない。永代通りの自身番で思案を巡らせたところへ矢作兵庫助がやって来た。

「また、殺しだってな」

矢作は小上がりにどっかと座るなり殺しについて訊いてきた。

「お春という、豊州屋の元女中で主人伊三郎が囲っていた女が自宅で殺されたのですよ。昨晩に凶行はあったようなのですが、あいにくの夜ということで不審な者を見かけた者はいません」

源太郎が言うと、

「そりゃ、下手人《げしゅにん》も周囲を憚《はばか》ってお春の家には行っただろうからな。闇に紛れ、尚且《なおか》つ、人通りを気にしながらお春の家に押し入ったのだろうさ。で、下手人は何処からお春の家に入ったのだ」

「それが、荒らされた跡がないのですよ。まるで、お春が下手人を迎え入れたようなのです」

「すると、顔見知りの仕業《しわざ》ということだな」

「そう思って、心当たりを京次が当たっています。豊州屋の女将《おかみ》、お結を訪ねていますよ」

「お結なら夜更けであろうと、お春は迎え入れたかもしれんな」

矢作はうなずいた。

「それに、お結にはお春を殺す動機は十分です。お春ばかりか伊三郎殺しの動機もありますよ」

源太郎の目は期待に輝いた。

源之助は与一と別れ、このままお結を訪ねようと思ったがそれよりは、周辺の聞き込みに徹した。しかし、太助は取り逃がしてしまった。こうなれば、太助の親分であった寅吉に確かめてみるのがいい。

昼八つ半、西條家の下屋敷へとやって来た。

すると、幸いなことに裏門から寅吉が出て来た。浴衣《ゆかた》がけに高下駄で闊歩《かっぽ》していた。

源之助と目が合い、

「飯でも食うか」

と、言ってきた。

近くに美味《うま》い蕎麦屋《そばや》があるそうだ。

暖簾《のれん》を潜《くぐ》るなり、

「盛り蕎麦十枚だ」

寅吉は注文をした。

「相変わらずの食欲か」

源之助が問いかけると、

「これでも、随分と食えなくなったんだぞ」

寅吉は豪快に笑い飛ばし、浴衣の袖を捲《まく》り上げた。丸太のような腕が剝き出しとなる。

蕎麦を待つ間、

「おまえの子分、牛殺しの太助、江戸市中をうろうろしておるようだな。今朝も、八丁堀界隈で店者《たなもの》相手に恐喝沙汰を起こし、番屋にしょっぴかれたところだ」

源之助が言うと、

「牛太の野郎が、へえ、そうかい。相変わらず、馬鹿な野郎だぜ」

寅吉は太助とは会っていないと言い添えた。

それが本当かどうかはわからない。そこへ蕎麦が運ばれてきたため、まずは蕎麦を手繰《たぐ》ることにした。寅吉が自慢するだけあって、蕎麦は艶めき、ほのかに香り立っている。箸で摘まみ、汁に浸して啜り上げると、腰があってのど越しがいい。噛むのももどかしい。あっという間に一枚を平らげた。

もっとも、源之助が一枚を平らげる間に寅吉は二枚食べ終え、三枚目に手を伸ばし、

「おい、もう十枚だ」

早々と蕎麦を追加した。

夢中で蕎麦を食べ終えたところで、

「牛太の奴、何をやってやがった。恐喝で飯を食ってるってことかい」

寅吉に聞かれ、

「三百両の大金を持ってうろうろしておったらしいぞ」

源之助の答えに、

「どういうこった」

寅吉は訝しんだ。

「てっきり、おまえは知っていると思ったのだがな」

源之助は寅吉を見据えた。

「知るわけがねえ。今、言っただろう。赦免されて江戸に戻って来てからは会ったことはないって。あいつ、瓢吉に瓜二つだったんで、八丈島にいた頃も忘れねえでいて

やったのにな」

「なんだ、瓢吉とそっくりな男とは太助のことだったのか」

「そうだよ。それがどうかしたのか」

「太助、豊州屋に出入りしていると思うか」

「してるわけないだろう。あいつは小間物には無縁だぞ」

「相撲賭博はどうなんだ」

「相撲賭博を仕切っていたのは豊州屋の旦那だ。旦那は病で臥せっておられるじゃねえか」

「わかった。太助のことはいい。おまえ、かつて賭場を開いていたが、豊州屋吉次郎の相撲賭博にも嚙んでおったようだな」

源之助の問いかけに、

「今更なんだ。相撲賭博ったって、単純なもんだ。遊びみてえなもんだよ」

「博打は遊びといえば遊びだ」

源之助は声を太くした。

「おいおい、蔵間さんよ、今更、昔やってた相撲賭博のことでおれをお縄にしようってんじゃねえだろうな」

寅吉は目をむいた。

「今もやっておるのならお縄にしてやるぞ」

源之助は睨んだ。

「やってねえよ」

「なら、そういきり立つな。それよりも、昔話を聞かせてくれ。相撲賭博に関わっていたのは誰だ」

「忘れたな」

寅吉はそっぽを向いた。

「忘れたでは納得できんぞ。おまえだって、三年前の瓢吉の盗みにはこだわっているのだろう。訊かせてくれ。今も相撲賭博を仕切っているのは豊州屋吉次郎なのか。病の吉次郎に代わって仕切る者がいるのではないのか」

源之助は迫った。

「さてな」

寅吉が惚《とぼ》けたところで、

「舐《な》めるな」

やおら、源之助は寅吉の襟首を摑み、引っ張り寄せた。寅吉の腰が浮き、膝立ちに

なる。いかつい顔を際立たせ、

「瓢吉の濡れ衣を晴らして欲しくはないのか」

「盗みの一件と相撲賭博が関わるのか」

目をぱちぱちとさせ、苦し気に寅吉は返す。

「あると踏んでおるから確かめておるのだ」

源之助は手を離した。寅吉は腰を落ち着けると息を整えて、

「確かに相撲賭博は豊州屋の旦那が主催なさっていたよ。豊州屋さんは大層な相撲好きでな、それが高じて、遊びで取り組みの勝ち負けを賭けていたのだが、それだけでは満足できねえってもんだよ。やがて、数人の相撲好きを引き込んで、段々とかけ金が増えてゆき、規模もでかくなったってわけだ。どうせなら、賭場でやろうってことになってな、それで、おれが賭場を提供して規模が大きくなったってわけだ」

「今も、相撲賭博は行われているのか」

「豊州屋の旦那は病に倒れたし、おれの賭場は潰されちまったし、どうなったのかはわからねえよ」

「太助は三百両もの金を持って、八丁堀界隈をうろうろし、豊州屋に入って行ったのだ。それはおまえの指図で行ったのではないのか」

目を凝らしての源之助の問いかけに、

「だから、おれは牛太と会っていないって言っただろう」

うんざりしたように寅吉は言った。

「くどいようだが、太助は吉次郎と繋がっているのではないのか」

「豊州屋の旦那は病で倒れているじゃないか」

うんざり顔で寅吉は答えた。

「ならば、ずばり問うぞ。娘のお結が受け継いでいるんじゃないのか」

「お結さんがか」

寅吉は首を捻った。

瓢吉から聞かされたお結の印象との余りの違いに困惑しているようだ。

「人の心は変わるとお結は申しておったのだがな」

源之助の言葉に寅吉はうなずきながらも、

「そうかもしれねえが、女ってのは度胸を決めると男よりも勇ましいぜ」

「ともかく、わたしは、三年前の盗みも古川殺しも豊州屋吉次郎が仕切っていた相撲賭博に原因があると思っている。だから、もし、おまえが三年前の真相を本気で知りたいのなら、太助と連絡をつけろ。いや、おそらくは太助の方からおまえに接触してくるのではないか」

「わかった。あんたに頼みっぱなしじゃ、いかにも虫が良すぎるものな」

「そういうことだ」

源之助は積み上げられた蒸籠《せいろ》を見た。

「追加するか、おれはまだいけるぜ」

挑戦的な寅吉の言葉に、

「おお、食べるぞ」

源之助も応じた。

「西條の大殿さま、大した気合いの入れようでな」

腕をぼりぼりと寅吉は掻いた。いかにも困っているようだ。

「水戸さまとの取り組みか」

「絶対に負けるなって、そりゃ、うるせえのなんの」

「それだけ期待しておられるのだろう」

「負けることは許されんよ。大殿さまの叱咤に若い者たちはかえって萎縮してしまっている。あれでは、勝てるものも勝てんぞ」

「それだけ力を入れているからこそ、大殿さまはおまえの赦免に動いてくれたんだろう」

「それはそうだがな。だからおれも恩義を感じているんだ」

「きっと、大殿さまのお力で、大した褒美をくださるはずだぞ」

源之助の励ましに、

「それを期待しているからみんなもがんばっているんだがな」

寅吉は鼻を鳴らし、蕎麦はまだかと催促した。

「がんばれ」

「ああ」

「しっかりな」

「しつこいぞ」

寅吉は顔を歪めた。

二

その日の晩、源之助は京次の家に矢作、源太郎を集めた。お峰は気を遣って、家から出て行った。

「些細な影御用であったのが、思いもかけない深い闇に足を踏み入れることになった」

皮肉な笑みを源之助が浮かべると、

「まったく、蔵間源之助の影御用に、平凡なものはないってことが改めてわかったってことだよ」

矢作が身体を揺すって笑った。

「おい、くさすな」

源之助が顔をしかめると、

「褒めたんだよ、親父殿はさすがだって。おれたちには及びもつかない嗅覚があるんだな」

「そんなつもりで、寅吉の依頼を引き受けたのではない。偶々《たまたま》だ」

「持って生まれた性なのかもしれんな。蔵間源之助という男の……。まさしく八丁堀同心になるために生まれてきた男だよ」

盛んに矢作は感心したが、

「そんなことよりも、今回の事件だ。瓢吉の盗み、古川伊織殺しは今更蒸し返しても真の下手人、裏の真相を明かすことはできん。しかし、伊三郎殺しとお春殺し、それに相撲賭博のことは下手人を挙げ、裁きの場に引き据える」

源之助の言葉に矢作も源太郎も京次もうなずく。源之助が、

「矢作、今回は成り行き上、北町が扱うことになるが、不服か」

源太郎を気遣っての言葉である。

「いや。北だ南だと縄張り根性などしている場合ではないよ」

あっさりと矢作が受け入れてくれたため、源太郎はぺこりと頭を下げた。

「では、同じ探索が重なっても無駄だ。役割を決めよう」

源之助が言うとみなうなずいた。それを見て、

「源太郎と京次は伊三郎とお春殺しを探索せよ」

「承知しました」

源太郎が返事をすると京次も首肯する。

「矢作は相撲賭博だ。わたしが見失ってしまった太助の線から相撲賭博の闇を明らかにしろ」

「わかったぜ。で、親父殿は……」

矢作は期待の籠った目を向けてきた。

「わたしは、本来の影御用だ。瓢吉の濡れ衣を晴らし、古川殺しの真相に辿り着く」

源之助は言った。

「おれたち役割を分けて探索をするが、結局は一つの糸を手繰ることになるのだろうな」

矢作の言葉に源太郎も同意し、

「闇を作った者、それは誰でしょう」

と、疑問を投げかけた。

「豊州屋吉次郎かもしれんぞ」

即座に矢作が答えた。

するとと京次が、

「ですがね、相撲賭博は今も行われているんだとしても、吉次郎は病の床、しかも、ろくに口もきけない状態です。そんな吉次郎が相撲賭博を仕切ったりできませんや。それに、よしんば博博と絡んでのことにしても、伊三郎やお春を殺させたりすることができるとは思えませんや」

続いて源太郎も、

「京次の言う通りだ。今回の事件は三年前のことと、父上のお考えによると一本の糸で繋がっている。一人の人間が指図していると考えるべきだが、吉次郎では無理だろう」

　すると矢作は、

「本当に吉次郎は病なんだろうな。仮病ってことはないのか」

「ない……。でしょう」

　源太郎は自信なさそうである。

「確かめてやるか」

　思わせぶりに矢作は顎を掻いた。

「どうする気だ」

　源之助が問いかけると、

「寝間に行って、この目で見てやるよ。布団をひっぺがして寝床から引きずり出してやるさ」

　矢作は事もなげに言う。

「兄上、そりゃ、無茶ですよ。まるで押し込みじゃないですか」

　慌てて源太郎が止めると、

「なら、火をつけてやるか。なに、小火《ぼや》程度だ。豊州屋に火を放って、火事だって騒いでやるのさ」

更に過激な提案をするのが矢作らしい。

「まったく、兄上にはついて行けませんよ」

生まじめな源太郎は顔をしかめた。

「まったく、冗談の通じない石頭だな、源太郎は。そんなことでは蔵間源之助の跡を継いで北町一の同心にはなれんぞ。ま、そのことはいいとして。ともかく、おれに任せろ。地震だって騒ぐか他の方法で吉次郎の病を確かめてやるさ」

自信たっぷりに矢作は請け負った。

源之助はそれを受けて、

「吉次郎がまことの病であったなら、真の黒幕は誰であろうな」

「お結ですか」

源太郎が答える。矢作もその可能性が高いと言い添えた。京次もお結かもしれないと言った。

しかし、

「お結ではあるまい」

源之助は断じた。

「親父殿、馬鹿に自信たっぷりだな。女を見る目に自信ありか」

矢作が茶化《ちゃか》すと、

「わたしに女を見る目はない。お結自身が言っていた。三年あれば人の心は変わるとな。つまり、お結は三年前とは違う自分になろうとしているのだ。定めを受け入れ、三年前、箱入り娘に過ぎなかった自分から脱皮をして、豊州屋の女将として暖簾を守ろうとしている。すくなくとも、お結は三年前の事件、相撲賭博には関与していない」

「言われてみれば、一理あるな」

感心したように矢作は言う。

京次が、

「ですが、伊三郎殺しとお春殺しには関係しているかもしれません」

「それもあるまい」

にべもなく源之助は否定した。

おやっという京次に、

「お結は三年前のこととはきっぱりと決別しようと心に誓って生きてきたのだ。伊三郎とお春を今更、憎んで殺そうなどとは思うまい。お結が恐れていたのは、三年前の怨念が蘇《よみがえ》ることだったのだ。それを蘇らせるようなことはするまい」

源之助は断じた。

すると源太郎が、

「では、父上は伊三郎とお春を殺した者の見当がついているのではないですか」

続いて矢作も、

「相撲賭博の黒幕も察しがついているのじゃないか」

と、にんまりと笑いかけた。

源之助はうなずき、

「番頭の与一ではないかと考えておる」

京次が、

「失礼ですが、その根拠はなんですか」

「勘だ。いや、証《あかし》がないゆえ、勘と申すのだがな。与一は豊州屋の内情を熟知し、主人吉次郎の信頼も厚い。そして、盗みの一件だ。花見の席で吉次郎と与一、お結は同じ毛氈にいた。吉次郎の信玄袋から五十両を盗む機会があったのはお結と与一の可能性が高い。お結が盗んではいないのだとしたら、盗んだのは与一ということになる」

源之助の考えに、

「しかしな、大木さんの調べでは与一は五十両の金で番頭の地位を投げ捨てるようなことはするはずがないし、金にも困っていなかったそうだぞ」

反論してから矢作は、待てよと自分を戒め、

「相撲賭博か。相撲賭博にのめり込んで、借金を作ったんじゃないか」

「違う」

言下に源之助は否定した。

「違うだと……。じゃあ、どうして五十両を盗んだんだよ」

矢作は首を捻る。

「瓢吉に罪を着せるためだ」

源之助は言った。

「罪を着せてどうするんだよ」

矢作は納得がいかないようである。

「伊三郎をお結の婿養子にするためだ」

「しかし、伊三郎が婿養子になることは決まっていたんじゃないのか」

矢作はしつこい。

「決まりではなかった。吉次郎は一人娘の一途な想いに心を動かされ、お結と瓢吉が夫婦になることを承知しかけたのだ」

「しかし、豊州屋はどうなるんだ。瓢吉じゃ商いはできないぞ」

「親戚から養子に迎えることを考えたらしい。それに、強く反対したのが与一だった。与一は親戚から養子を迎えたら、豊州屋は乗っ取られてしまうと、反対したのだ。与一としては、自分が親代わりとなって手塩にかけた伊三郎をお結の婿養子とし、豊州屋の実権を握りたかったのだろう。豊州屋の実権を握り、莫大な富と相撲賭博の利も手に入れるという肚《はら》であったのだとわたしは思う」

源之助は断じた。

「なるほどな、どう思う」

矢作は源太郎と京次を見た。

源太郎が、

「筋は通っていますね」

京次も、

「蔵間さまの推量通りの気がしますぜ」

二人とも賛同したところで、

「親父殿は説得力があるな」

矢作は言った。

「むろん、推量の域は出ない。しかし、黒幕が与一だとすると、全ての辻褄が合うのだ」

源之助の言葉に最早《もはや》矢作も反対することはない。

しんと耳をすませて源之助の言葉の続きを待ち構えた。

三

「与一はいつの頃かはわからないが、豊州屋の実権を握ろうと企《たくら》んだ。その一環として、相撲好きな吉次郎を焚きつけて相撲賭博を仕切ることをやらせた。吉次郎は贔屓《ひいき》の相撲取りへの谷町《たにまち》だけでは満足せず、相撲賭博にのめり込んだ。結果、豊州屋の商いは与一が取り仕切った。実権を握る総仕上げが、伊三郎の婿養子入りだったのだ」

ここで源太郎が、

「父上は与一が全ての黒幕とお考えですが、古川殺しも与一の仕業とお考えなのですか」

「そうだ。古川と木下は相撲の歴史について揉めていた。その揉めたこととは行司についてだ。つまり、相撲の取り組みで行司の軍配差し違えが起きた場合、行司は腹を切るかということで揉めたそうだ。ところが、そんなことで殺しに至るような争いになるとは思えん。実際は相撲賭博を巡って、行司の軍配差し違えによって、吉次郎や吉次郎の仲間に大きな損失が生じたのだろう」

源之助の考えを受け、

「その損失をなんとかしようと与一が動くうちに、木下又右衛門の古川伊織殺しが起きたのだな」

矢作は言った。

「どういう過程を経てかはわからんがな。吉次郎が始めた相撲賭博の闇にお結も踏み込んでしまった。お結は目を瞑る代わりに豊州屋の暖簾を守ろうとしたに違いない」

「ならば、お春と伊三郎殺しはどうなんですか」

源太郎が聞いた。

「三年前のことが蒸し返されようとしたからだろう」

矢作が答えた。

「それもあろうが、わたしはこう考える。伊三郎とお春は切れていた」

「囲っていたじゃないか」

源之助の言葉に、たちまち矢作が反論した。

「囲っていたのは伊三郎ではなく、与一だったのだ」

　源之助が言うと、

「なんですって」

　源太郎は驚きの声を上げ、京次も口をあんぐりとさせた。

「でも、伊三郎はいわば、与一の影武者であったのだ」

「伊三郎とお春は深く言い交した仲だったんですよね」

　京次が抗議の声を上げた。

「そうだった。しかし、伊三郎がお結の婿養子となったことで、二人の仲は切れたのだ。お春は一旦は自分と一緒になるよりもお結と夫婦になった方が伊三郎のためになると身を引いたのだ」

「そりゃ、随分と純情な心掛けじゃござんせんか」

「伊三郎のことも考えたのだろうが、手切れ金を渡されもしたのだろう」

「誰からですか」

「与一が吉次郎の了解を取って渡したのだとわたしは考える」

「なるほど、お春はそれで、伊三郎のことは諦めたんだな。それが、どうして与一に囲われたんだ」

「与一はお春を狙っていたんだろう。お春を自分のものにしたいと思っていたに違いない。それも伊三郎をお結の婿養子にさせたい動機の一つになったのではないか」

源之助はため息を吐いた。

「とんでもねえ野郎ですね、与一って男は」

京次は憤りを示した。

すると、

「お春にしたって何も与一に囲われることはないと思うがな」

矢作が言ったところで、

「伊三郎への当てつけの意味があったのではないか。身を引いたもののお結の婿養子になって幸せそうに暮らしている伊三郎を見ているとお春の心中は穏やかではなくなったのかもしれんぞ」

「なるほど、親父殿、女心もちゃんとわかっているんだな」

ここで京次が、

「お春の家には伊三郎が通っているのを近所で見られていますよ。金を運んでいたようなんですがね」

「それも当てつけだろう。与一の隠れ蓑にもなっていたのだろうが、それに加えて伊三郎に金を持ってこさせることによって、嫌がらせをしたかったのかもしれん」

源之助は言った。

「女は怖いな」

矢作は腕を組んだ。

源太郎は大まじめな顔で、

「では、与一はどうして伊三郎とお春を殺したのでしょうか」

「お春は口封じだろう」

矢作が答えた。

源之助はそれを受け止めてから、

「三年前のことが蒸し返されそうになり、封印した自分の罪が伊三郎とお春の口から表に出ることを恐れたのだろう」

「許せねえ」

京次が憤った。

源之助が、

「ともかく、源太郎と京次は伊三郎とお春が与一によって殺されたことを明らかにする証をかき集めろ」

「わかりました」

勢いよく源太郎は応じた。

「矢作は……」

源之助が命じる前に、

「おれは与一が相撲賭博を仕切っていたことを突き止めてやるさ」

と、腕捲りをした。

「わたしは古川殺しにおける与一の役割を突き止める」

源之助も勇んだ。

そこへ、お峰が入って来た。

「楽しそうだこと」

お峰は言った。

「何を言ってやがる」

京次は反発した。

「みなさん、男同士の語らいって、女のわたしには理解できませんけど、楽しいのですね」

「ああ、楽しいさ」

京次はみなの手前、女房に余計な口出しをさせることを恥じているようだ。

「羨ましい」

「おめえは、すっこんでろ」

京次は言った。

「はいはい」

お峰は奥に引っ込もうとしたが、

「まあ、よいではないか」

源之助が間に入る。

「さすがは、蔵間さまですよ。女心をよくわかっていらっしゃる」

お峰が褒めると、

「最近の蔵間源之助は、一皮剝けたということだ」

矢作がからかいの言葉を投げてくる。

「おや、そうなんですか」

お峰が顔を輝かせた。

「馬鹿を申すな」

源之助は憮然とした。

「おや、親父殿、照れてござるぞ」

矢作が言うと、みなぷっと噴き出した。

「馬鹿者」

源之助は矢作を睨む。

「まあ、勘弁してくれ」

矢作が言うと、

「そうですよ、褒め言葉ですよ」

お峰が言った。

「何が褒め言葉だ」

源之助は言った。

「褒めているって」

矢作は主張した。

四

翌、八日の朝、源太郎と京次はもう一度、お春の家の周辺を徹底して聞き込むことにした。手分けをし、聞き込みに当たったのだが、与一の影が摑めない。与一がお春を訪ねたところを見たという者を見つけることができないのである。

「与一はお春とは外で会っていたのかもしれませんね」

京次が言うと、源太郎は曖昧にうなずきながらも、

「お春、まことに与一に囲われていたのだろうか」

と、疑問を呈した。

「蔵間さまの推量が間違っているって、お考えですか」

京次が言うと、

「そうは思わぬが、どうしたものか」

源太郎には迷いが生じた。

「まだまだ、聞き込みが足りないんだと思いますぜ」

京次は言った。

「そうだな」

源太郎も納得してそれを受け入れた。

「よし、わたしは与一の家に、おまえは、豊州屋で聞き込みを行おう」

源太郎の提案に京次は合点だと請け合った。

京次は豊州屋の女中を一人捉《つか》まえた。以前にも聞き込みをした相手で、京次の顔を見るとにこやかに近づいて来る。お使いに行こうとしていたようで話を聞くには丁度よかった。

お使い途中にある茶店に入る。

「親分さん、怖い事件が起きて大変ですね」

女中は気遣ってくれた。

「立て続けに豊州屋さん絡みの殺しだ。女中さんたちも怖がっているだろう」

京次がにこやかに尋ねる。

「ええ、それはもう……。まだ、下手人、見つからないのですか」

「すまねえ。今のところまだなんだ。でな、こうして改めて、色々な人に話を聞いているって寸法よ」

「盗人とかやくざ者の仕業ではないんですか」

女中は小首を傾げた。

「そうかもしれんし、そうじゃないかもしれねえ。ところで、伊三郎さんとお春さん、いい仲だったんだってな」

「そうみたいですね。わたしが奉公を始めた時にはお春さんはお店を辞めていました。でも、お春さんが旦那さまに囲われているという噂はみんな知っていました」

「女将さんもだな」

「はい」

女中はうなずく。

「女将さんは黙認していたわけだ」

「そうみたいです」

「番頭さんはどうなんだろうな」

京次が問いかけると、

「番頭さんですか」

問いかけの意味がわからないかのように女中は首を捻った。

「伊三郎さんは番頭さんの推挙で女将さんの婿養子になったんだろう。だったら、番頭さん、伊三郎さんがお春さんと切れていないことに何か小言《こごと》を言っていたのではないか」

「そうですね、番頭さんは、あんまりそういうことには関心がないみたいですよ。何もおっしゃいませんもの」

「そうか、無関心か」

京次が言ったところで女中ははたと気付いたように、

「そういえば、台所で女中たちが旦那さまとお春さんのことを噂していたことがあるんですけど、その時は、怖い顔をなさいまして、そんな噂話はするもんじゃないと、怒られました」

女中は言った。

「番頭さん、こっちの方はどうなんだい」

京次は小指を立てた。

「関心がないんじゃありませんかね」

「だが、豊州屋の番頭として店の切り盛りをしているんだろう。男やもめだって聞いたぜ」

「そうなんですけど、番頭さんはとにかくまじめだと評判ですよ。楽しみといえば、お酒を飲むことだけだそうです。それも、決して過ごさないで、一日、三合以内と決めていらっしゃるとか」

女中は言った。

どうやら、お春が伊三郎に囲われていることは豊州屋では公然の秘密であったようだ。

「しかし、伊三郎さんは婿養子だろう。よく、女将さんが黙認していらしたもんだな。女将さん、出来た人だってことかい」

「出来た人ってこともあるかもしれませんけど、女将さん、旦那さまにあんまり関心がなかったみたいです。だって、わたしだったら、亭主が女を囲ったなんて聞いたら、ただじゃおきませんよ。でも、知らないふりをして何もおっしゃらないんですからね」

「ひょっとして、お春は伊三郎に囲われていなかったんじゃないか」

京次が問いかけると、

「誰にも囲われていなかったということですか」

「いや、そうじゃない。いいかい、たとえば、番頭はどうだ。番頭に囲われていたという可能性はないか」

「さっきも言いましたけど、番頭さん、女には無関心なんですよ。お春さんを囲うなんて、考えられません」

女中は真顔で否定した。

「そうか、いやな、殺しの下手人がわからなくって、ついつい何でも疑うようになってしまったってことだ」

京次は額《ひたい》を手で打った。

源太郎は与一の家へとやって来た。豊州屋の裏手にある敷地百坪ほどの一軒家である。豊州屋の番頭の家にしては、簡素な造りで、特別庭が豪華に飾り立てられているわけでもない。

一人住まいということだが、一人で住むには広すぎるようだ。

近所の女房連中に声をかけた。

「おや、豊州屋さんの旦那さん殺しを探索なさっているんですか」

噂好きの女房連中が集まって来た。

「ここ、豊州屋の番頭の家だろう」

源太郎の問いかけに女房たちはうなずき、誰ともなく、

「まさか、番頭さんが下手人ってことですか」

早合点をして一人が言うと、女房たちは鵜《う》の目鷹《たか》の目で興味を示した。

「こら、早合点をするではない。何も与一が殺したなどとは申しておらん。豊州屋に関わる者、全てを調べておるのだ」

女房たちの気持ちを鎮めるように源太郎は冷静に宥《なだ》めた。しかし、女房たちにとっては興味津々のことのようだ。

「与一、男やもめのようだな」

「四年前ですね。おかみさんが亡くなったのは」

一人が答えるとみな、そうだそうだと肯定した。

「後添いを貰うという話はないのか」

「近所では勧める人もいるんですけどね、本人はその気がないようですね。幸い子供もいないから、気楽に一人で暮らすっておっしゃっていますよ」

「たとえば、後添いは貰わなくとも女がいるということはないか」

源太郎の問いかけに女房たちはあれやこれやと話を始めたが、結局のところ、

「そんな女の人はいない」

ということに結論が出た。

「そうか」

困ったように源太郎は腕を組む。

「番頭さん、楽しみはお酒を飲むことですからね、しかも、そんな高いお店には行かないんですよ。近所の縄暖簾でちびちびやっていなさいますよ」

女房は猪口《ちょこ》を傾ける格好をした。

「わかった。すまなかったな」

源太郎は教えられた縄暖簾に向かい、店を確かめてから出直すことにした。

暮れ六つに縄暖簾に入った。

確かにどこにでもある居酒屋である。店の中はまばらに席が埋まっていた。源太郎は入れ込みの座敷に上がり、様子を見た。まだ、与一はいない。

酒は飲むまいと思いながらも、注文しないと不審がられると思い酒と乾き物を注文した。愛想のいい亭主が客たちとやり取りをし、なかなか雰囲気のいい店であった。

暮れ六つ半を過ぎ、

「いらっしゃいまし」

ひときわいい声で亭主は客を迎えた。

与一が入って来た。

「いつものでいいですか」

亭主に言われ、

「ああ、頼むよ」

与一はよっこらしょと腰かけ替わりの酒樽に座った。

すぐに燗酒《かんざけ》と胡瓜《きゆうり》の糠漬《ぬかづ》けが運ばれて来た。与一は美味《うま》そうに一杯飲むと、小さくため息を吐いた。いかにも一日の仕事を終えて、憩いのひと時を過ごしているかのようだ。

それからおもむろに与一は店内を見回した。源太郎と視線が交る。

「おや」

与一はこくりと頭を下げた。

源太郎もここは正面から話を聞こうと思った。

「一緒に飲まぬか」

源太郎は誘いをかけた。

五

「わたしをお待ちでございましたか」

与一は笑顔こそ浮かべているが、警戒心の籠った目で源太郎の前に座った。

「じっくりと話をしたくてな。何しろ、店では多忙を極める番頭とあってはろくに話もできん。ゆっくりと酒でも酌み交しながらと思った次第」

源太郎はちろりを向けた。与一は畏まって猪口《ちょこ》で受ける。今度は源太郎が与一の酌を受けてから、

「お話とは、伊三郎とお春殺しの一件でございますね」

与一は言った。源太郎がうなずくと、

「下手人、まだ捕まっておらぬのですね」

「探索中だがな」

「蔵間さま、まさかとは存じますが、わたしのことをお疑いでございますか」

与一は淡々とした口調で尋ねてきた。

「それもある」

「何故でございましょう」

与一は言った。

「そなたがお春を囲っておるかもと考えた次第」

源太郎が言うと、

「これは驚いた。同心さまの考え方にはついてゆけませんな。わたしは、そんな趣味はございません。楽しみといえば、もっぱらこれでして」

与一は手酌で飲んだ。

女房たちの話、お春の家の周囲の聞き込みで源太郎も与一がお春を囲っていたという源之助の考えに疑念を抱きつつある。それだけに与一の言葉は真実に聞こえてしまう。

「おわかりいただけましたか」

与一は源太郎の顔に動揺が走ったのを見逃さなかった。

「うむ、そうだな」

言葉を曖昧に濁す。

それから、

「ならば、殺したのは誰だと思う。通りすがりの物盗りや押し込みの仕業と思うか」

「わたしにはわかりません」

「伊三郎は物盗りの仕業としても、お春の場合は夜更けに家の中に下手人を入れておるのだ。それを考えると見知った者の犯行と考えるべきと思う」

「それでわたしだと。しかし、それではあまりにも安易に過ぎるお考えでございますな」

与一は言った。

「それゆえ心当たりはないかと尋ねておる」

「店の者でしたら、家の中に入れるのではございませんか」

「すると、お結ということも考えられるということだな」

「女将さんが下手人だとは思いませんが、女将さんなら夜更けでもお春は家の中に入れることでしょうな」

与一は言った。

遠回しながら与一はお結を下手人だと言っている。

「しかし、今更ながらお結は伊三郎とお春への恨みを晴らそうとするものだろうか」

「恨みではないかもしれませんよ」

けろっと与一は答えた。

「恨みではないとすると、どういうことだ」

「女将さんは、豊州屋を立派に切り盛りなさっています、もう、わたしが口出しせずとも立派に。女将さんにとって大事なのは豊州屋の暖簾でございます」

与一は酒の替わりを頼んだ。

「豊州屋の暖簾にお春は邪魔になったということか」

「たとえばということです」

「何故、お春が邪魔になる」

「それは、お役人さまがお調べになればよろしいかと思います」

与一は思わせぶりに、にやりとした。

「聞かせろ」

強く言う。

「さて、わたしは豊州屋に生涯を捧げてまいりました。先代の旦那さまから豊州屋には義理があります。ですから、わたしの口から豊州屋にとって不利になるようなことは申せません」

与一はかわした。

「しかし、これは人が死んでおるのだ。しかも、殺されたのだぞ。人の命よりも豊州屋への忠義が大事だと申すか」

源太郎はきっと与一を睨んだ。

「そのような怖い顔で見ないでください。何も、そこまで深くは考えておりません。しかし、滅多なことは申せません。当て推量で物申すわけにはいきません。それに、わたしは、今月末で豊州屋を辞めるんですよ」

意外なことを与一は言った。

「辞めるとは暖簾分けでもしてもらうのか」

「まさか、この歳で、店をやろうなどとは思っておりません。悠々自適とは申しませんが、のんびりやもめ暮らしを満喫するつもりです」

与一は言った。

「慰労金も沢山あるしということか」

「多少の蓄えはありますが、そんな大金があるわけではありませんよ。わたしは、自分で申すのも何ですが、銭金にはそれほど関心がありませんでね。商いそのものが好きでした。新しいお得意さまを増やしたり、お店の売り上げが伸びたりすることには一生懸命になりましたし、うまくいった時は喜びも感じたのですが、自分への報酬となりますと、それほど関心はありません」

「それほど商いが好きなのなら、自分で店を持とうとは思わなかったのか」

源太郎の問いかけを与一は笑顔で受け止め、

「自分の分というものをわかっております。豊州屋の暖簾があるから商いができたのでございます。かりに自分でお店を営んだとしまして、ある程度の成功はしたかもしれません。ですが、商いの規模は遥かに小さなものにしかならなかったでしょう。自分の懐具合はよくなったかもしれませんが、それでは、先ほども申しましたように、自銭金に興味がないわたしには不満でございました」

与一の言葉にはぶれがないようだ。

「それで、豊州屋を辞めることにしたのは、自分の意志でか」

「もちろんです。女将さんに辞めるよう言われたからとお考えかもしれませんが、それは違います。わたしの考えで辞めます。女将さんは立派に豊州屋を切り盛りなさっておられます。その姿を見ると、これからは年寄の出る幕ではないと判断しました。元気なうちに隠居するのが余生にはいいと思ったのですよ」

満面に笑みを湛《たた》える与一には後悔などなさそうである。

「そういうことか。しかし、これまで商い一筋にやって来た者が何も仕事がなくなっては、最初のうちはよかろうが、暇を持て余すようになって、かえって辛いものではないのか」

源太郎の危惧を、

「そうかもしれませんな」

与一は大きく伸びをした。

「何か趣味があるのか。植木とか、朝顔作りとか」

「酒のみですな。女も博打もやりません」

与一はしゃあしゃあと言ってのけた。

「相撲が好きと聞いたが」

源太郎は相撲のことをぶつけてみたが、与一は表情を変えることなく、

「旦那さまがお好きでございますので、お付き合いです。嫌いではございませんが、旦那さまのように身代をかけてもというほどではありません」

「ほう、吉次郎は相撲で豊州屋の身代を傾けそうになったのか」

源太郎は鋭く突っ込んだ。

「傾くというのは大袈裟ですが、一時は大層、肩入れをなさっておられ、お店の金も相撲取りたちにお使いになられていましたな」

「相撲賭博か」

源太郎は訊いた。

「賭博というような大袈裟なものではありません。ただ、相撲好きな旦那衆と取り組みの勝ち負けに多少の銭金を賭けておられたに過ぎません」

与一は決して慌てることなく答えた。

「そうか、わたしはまた、吉次郎が相撲賭博で店を傾け、そなたが苦労して立て直したのだと思ったぞ」

「御冗談を。旦那さまも博打にのめり込むようなお方ではありません。わたしが多少の苦労をしましたのは、旦那さまが病に倒れられ、大事なお得意さまとの商いが細ったことでございます。伊三郎はまじめで商い上手《じょうず》とはいえ、まだまだ歳が若いとあって、豊州屋の看板を背負った商いには頼りないものでございましたからな」

与一は言った。

「なるほどな」

「ですから、伊三郎の死はわたしにとりましては大きな衝撃でした。伊三郎が立派な旦那になったと思った矢先のことでございましたのでな。それで、わたしの隠居も伸びると思っていたのですが、女将さんが大変にしっかりとなさり、それでほっとした次第です」

「よくわかった」

「わかってくださいましたか。では、無責任なようですが、殺しのことはわたしにはこれ以上のご協力はできませんので、ご勘弁ください」

与一はぺこりと頭を下げた。

段々、源之助の推量が外れているのではという思いがせり上がってきた。

「達者でな」

源太郎はおごろうとしたが、

「酒は自分の銭で飲むのが美味《おい》しゅうございます」

与一はやんわりと断わった。

六

矢作は太助の行方を追っている。

八丁堀界隈を探索しているのだが、そう易々と見つかるものではない。厄介な役目を引き受けたものだと後悔したところで、

「矢作の旦那」

後ろから声をかけられた。

振り返ると太助が立っている。

目元が赤らみ、酒の臭いがする。まだ日があるうちから飲んでいるのだ。白薩摩《しろさつま》の小袖を着流し、茶の献上帯《けんじょうおび》を締めている。身形《みなり》といい、働きもせずに酒をかっくらっていることといい、暮らしには困っていないようだ。

太助のことだ、ろくなことで稼いでいないだろう。

向こうから声をかけてくるとは、時節は早いが飛んで火に入る夏の虫だ。

「どうした」

目を大きく見開き問いかけた。

「あっしのこと、探していらっしゃるんじゃないんですか」

ぬけぬけと太助は答えた。

酔っぱらっているため気が大きくなっているようだ。

「そうだ、お縄になる気になったのか」

矢作が言うと、

「自首も何も、あっしは悪い事なんかしてませんよ」

太助は口を尖らせた。

「なら、なんの用だ」

「何も悪いことなんかしてないってことをお話しに来たんです。悪いことをしていないのに、八丁堀の旦那に嗅ぎ回られたんじゃ、迷惑ですからね」

「おまえ、相撲賭博をやっておるのだろう」

不意に矢作は問いかけた。

「馬鹿なこと、言わないでくださいよ、旦那。やってませんよ。とんだ、言いがかりってもんだ」

心外だとばかりに大きな声で太助は答えた。矢作は耳の穴を指で掻き、「うるせえよ」と、舌打ちをしてから、

「惚《とぼ》けるな。なら、あの三百両はなんの金だ」

「それはいいじゃありませんかよ」

「みろ、口に出せない金ってわけだろう」

矢作は詰め寄る。

「でも、相撲賭博はやってませんや」

太助は右手を左右に振った。

「ほざけ」

矢作は太助の襟首を摑んだ。

「なんですよ。やってもいねえ罪をでっちあげようってえのかい」

開き直ったように太助は野太い声を出した。やくざ者の本性を現したかのようだ。

「なら、答えろ。あの三百両の金は何処へ届けた。そして、そもそもなんの金だ。昼日中から酒をかっくらってる結構な暮らしぶりなんだろう。それに、こざっぱりとした格好をしていやがる。どっから、そんな金が出て来るんだよ」

太助の着物の袖を摑み、矢作はひらひらと振った。

「とにかく、相撲賭博なんぞはやってません」

否定を続ける太助に、話題を変えた。

「ところで、寅吉のところには行かないのか」

急に昔の親分の名前を出され、太助は視線をそらし、

「今んところ、顔を出していませんや」

「どうしてだ」

「別にどうってことは」

「寅吉の方では会いたがっているようだぞ」

「近々、顔を出しますよ」

見るからに太助は及び腰である。

「必ず、顔を出すんだな」

「ええ」

「なら、善は急げだ」

「ええ……」

「今から、行こう。おれがついて行ってやる」

矢作の申し出を、

「いえ、旦那にご迷惑なんかかけられませんよ」

頭を掻き掻き、太助は断った。

「迷惑だなんて思っておらんぞ。おれはな、これでも人には親切なんだ」

がははと矢作は笑った。

「そいつは、ありがてえこってすが、今日のところはやめときますよ」

「どうしてだ」

「ちょいとした用事がありますんでね」

「だって、酒をくらっていたんだろう」

「ええ、まあ、そうなんですけど」

「寅吉に会い辛いことでもあるのか」

「そんなことありませんよ」

「ははあ、そうか、おめえ、やっぱり相撲賭博をやっているだろう。寅吉が加担していた相撲賭博、つまり、豊州屋吉次郎が仕切っていた相撲賭博を、寅吉が八丈島に流されたことをいいことに寅吉に代わって大儲けをしているってわけだ」

矢作が決めつけると、

「ですから、何遍言ったら信じてもらえるんですか。相撲賭博なんざ、やってません。どうしても、疑うんだったら、旦那、お縄にしてくれよ。但し、身の潔白がはっきりしたら、ただじゃすましませんぜ」

太助は強気に転じた。

「そうか、面白い。縄をかけてやろうじゃないか」

矢作が返すと、

「やれるもんなら、やってみろってんだ」

太助は小袖の裾を捲り上げ、地べたにあぐらをかいた。

往来を行き来する者たちが道の端に寄り、遠巻きに様子を窺い始めた。太助はそれを見て、

「南町の矢作って旦那は悪い事をなんにもしていないのに、お縄にして御奉行所にしょっぴこうってんですよ。ひでえ、旦那でござんしょう」

大声で喚き立てた。

野次馬が集まり始めた。気をよくした太助は、

「矢作の旦那、まっとうな町人に濡れ衣を着せないでおくんなさいよ」

これ見よがしに言い立てた。

ところが、矢作は一向に動ずることなく、太助に縄を打った。思惑が外れたようで太助は目を白黒させる。きつく縄を縛ってから、

「さあ、立て」

矢作は太助の尻を蹴飛ばした。

「ひでえよ。本当に御奉行所にしょっぴくのかよう」

太助は半泣きになった。

「奉行所には行かん。寅吉の所に連れて行く。文句、あるか」

矢作が縄を引っ張った。

「親分のところだと。や、やめてくれよ」

両足を踏んばった太助の背中を押し、矢作は歩き出した。野次馬がにやにや笑っている。

「馬鹿野郎、見せ物じゃねえぜ」

太助は野次馬に八つ当たりをした。野次馬は関わりを恐れ、遠ざかった。

「旦那、勘弁してくださいよ」

懇願する太助に、

「相撲賭博、認めるか」

にんまり笑って矢作は問いかけた。

「相撲賭博はやってません」

答えた途端に、矢作は縄を強く引いた。太助は前のめりになり、

「三百両の出所を言いますから」

と、泣きを入れた。

「よし、話してみろ」

矢作は表情を緩めた。

「豊州屋さんの掛け取りです」

神妙に太助は答えた。

答える代わりに矢作は右手で太助の頭を小突いた。

「信じてくださいよ。本当ですって」

太助はすがるような目で訴えかけてきた。

「そんな話、信じろと言う方が無理だ。おまえのようなやくざ者が豊州屋の手代になれるはずはない」

「手代じゃないですよ。もちろん、番頭でもありません」

「なら、どうして豊州屋の掛け取りをするんだ。払いの悪い得意先だからということ

で、女将がおまえのようなやくざ者を使って強引な手口で取り立てを依頼したのか。老舗の小間物問屋豊州屋の女将がそんな真似をするとは思えんぞ」

「あっしはね、お結の間夫《まぶ》ってわけですよ」

「お結だって。偉そうに抜かしおって。それに、間夫だと」

呆れたように矢作は失笑を漏らした。

「いや、亭主は死んだから間夫ってことはないですね。あっしは亭主じゃねえが、深い仲ってわけです」

胸を反らし太助は言った。

「ほう、そうか」

疑わしげな目で見返す矢作に、

「旦那、世の中には、自分と似た者が七人いるっていいますがね、あっしはお結が恋い慕った男、飾り職人の瓢吉にそっくり、瓜二つってこってす。寅吉親分を乗せた赦免船が江戸に着くってんで、迎えに行ったところで、お結はあっしを瓢吉だと思ったんですよ。瓢吉も八丈島に流されていたそうです」

後日、太助が瓢吉ではないとわかったが、お結は瓢吉への想いが蘇り、太助との関係を持ち続けているのだそうだ。

といっても太助のことを表沙汰にはできず、密かな逢瀬《おうせ》を楽しんでいるのだとか。太助はお結から小遣いを貰って暮らしている。小遣いを貰っている義理から、掛け取りの手伝いをしているのだそうだ。

「旦那、正直に話したんだ。縄を解いてくんな」

太助に懇願され、

「掛け取りじゃなくて、相撲賭博の賭け金ではないのか」

問い返しながらも、矢作は縄を解いてやった。

「掛け取りですよ」

ぺこりと頭を下げ、太助は足早に立ち去った。

意外な太助の告白に、矢作は立ち尽くした。

第五章　絆《きずな》の簪《かんざし》

一

数日後、与一の亡骸《なきがら》が見つかった。

源之助は源太郎から報せを受け、与一が住む佐賀町の家にやって来た。

源太郎と京次が沈痛な顔で源之助を迎えた。

「父上」

呼びかけたものの源太郎は言葉が続かない。

「わたしの責任です」

悲痛な表情で言葉を絞り出した。

「いきなりなんだ。うろたえるでない」

叱責を加えておいて源之助は状況を質《ただ》した。源太郎に代わって京次が案内に立った。

与一の亡骸は庭に横たえられていた。

桜の木の下とあって、花弁が亡骸に降り注ぎ、与一を弔《とむら》うかのようだ。

「桜の木の枝で首を吊っていました」

源太郎が言うと、

「今朝やって来た、通いの女中が見つけて番屋に届けたんですよ」

京次が言い添えた。

源太郎が遺書ですと源之助に書付を手渡した。そこには、自分を豊州屋の番頭として遇してくれた吉次郎への感謝の言葉が並べられ、同時にお結へ、瓢吉と一緒になることを反対した詫びが綴ってあった。

そして、

「相撲賭博を吉次郎にやらせたのは自分で、伊三郎とお春を殺したのも自分……」

源之助は読み終えると遺書を源太郎に渡した。

「遺書は何処にあったのだ」

「桜の根っこの石の下に置かれていました」

源太郎は答えた。

京次が、

「蔵間さまの推量通りってことですね。与一をお縄にできず、死なせてしまったのはとんだしくじりでさあ」

と、頭を下げた。

源太郎も与一を死なせてしまったことを詫び、

「本当にすみませんでした」

源之助はそのことを責めたりはせず、

「与一は何故、死を選んだのだと考える」

「追い詰められたって覚悟したんですかね」

京次は答えたが、

「それが、どうにも得心がいかぬのです」

源太郎は疑問を呈した。源之助が黙って話の続きを促す。

「父上に反発するわけではないのですが、大変に引っかかるものがありました」

源太郎はお春の家に与一が通った形跡がないことを述べた。

「もちろん、聞き込みが足りないのかもしれません。ですが、与一の痕跡がないというのはどうも納得できませんでした」

するると京次も、

するると京次も、

「実はあっしも、そのことは気になっていたんですよ。それで、源太郎さまと首を捻っていたんです」

二人の報告を受け、源之助は自分の推理が揺らいだ。

言葉を返せないでいると源太郎が、

「それで、この目で確かめてやろうと、与一と酒を酌み交したのです。いけなかったですかね」

「殺しの疑いのかかる者と酒を飲むのは八丁堀同心としてどうかと思うが、それはおまえの判断なのだろう。与一に取り込まれることがなかったのなら、それでよい」

源之助に言われ源太郎はうなずくと、

「それで、半時ほど、酒席を共にしました。この近所にあるなんということはない縄暖簾です。与一は常連で、店の亭主などとも気さくにやり取りをしておりました。そこで与一は一日の疲れを癒して、家に帰るのだそうです。与一と酒を飲みながら、与一の話に耳を傾けました」

源太郎は与一とのやり取りを語った。

「わたしにはどうしても与一が下手人とは思えませんでした。金には淡泊で、商い好き、楽しみは一日三合までと決めている酒、そこには、欲望に塗《まみ》れた男の姿はありませんでした」

「しかと、その目で見、言葉を交した末の結論であるのだな」

源之助は強い眼差しを向けて確かめた。いかつい顔が際立つ。

「はい。ですが、このように遺書を残して自害して果てたということは、わたしは間違っておったということでございましょう」

源太郎は自分が八丁堀同心としてまだまだ未熟だとうなだれた。それから、

「生意気にも父上のことを間違っているなどと思ってしまいました。申し訳ございません」

源太郎が頭を下げると、

「すいません。あっしも蔵間さま、今回ばっかりは間違われたんじゃねえかって思ってしまいました」

京次も詫びた。

「詫びることはない。わたしだって、間違うことはある。実際、今回のこと間違えていたかもしれぬ」

源之助は言った。

「しかし、与一は罪を認めて首を吊っていますぜ」

京次が言った。

「殺しでないとは言えん。わたしはな、おまえたちのお春の家周辺の聞き込みと源太郎が縄暖簾で酌み交した与一の話を聞き、自分の推量が間違っていたのではと思っている。事実を確かめもせずに机の前で考えたことに過ぎぬ」

反省の弁を述べる源之助に、

「では、与一が下手人ではないとおっしゃるのですか」

源太郎が勢い込んで訊いた。

「与一は追い詰められてはいなかった。それにもかかわらず自害したなど、考えられることではない」

「すると、下手人は誰ですか」

源太郎に問われ、

「わからん。迂闊に身勝手な推量など開陳《かいちん》すべきではない」

与一が下手人と考えた推理が揺らぎ、源之助は慎重になった。

「少し、調べるか」

源之助は母屋に上がることにした。が、上がる前に、

「吉次郎とお結には報せたのか」

聞くと京次が、

「はい、先ほど、ひとっ走り行ってきました。お結は出かけていましたんで、戻り次第、こちらに向かうよう手代に頼んできましたよ。それと、吉次郎は床《とこ》から離れられないみたいですね」

「与一に身内はいなかったな」

「そうですね」

「わかった。母屋を調べる」

源之助は母屋に上がって行った。

四半時ほどしてお結がやって来た。

京次にお結がやって来たと声をかけられ、源之助も庭に出た。

お結は源之助たちにお辞儀をしてから、与一の亡骸の脇に屈み、両手を合わせる。

しばらく与一の冥福を祈ってから、立ち上がって源之助たちに向き直った。源太郎が与一の書付を渡した。お結が黙って目を通すと、そっと源太郎に返した。

「番頭さんの葬儀は豊州屋で出します」

自害についての感想はなく、お結は淡々とした口調で言った。それから、はっと気づいたように、

「番頭さん、人を殺《あや》めた罪人ということであれば弔いなど出せないのですね」

独り言のように呟いた。

それには答えず源之助が、

「遺書は与一が書いたものと思うか」

「はい。間違いございません」

「与一の筆遣いはよく知っておるのだな」

「毎日、見ております」

それがどうかしたかというようにお結は首を傾げた。

「書付に書いてあること、いかに思う」

源之助の問いかけに、

「番頭さんがこのような悪行をしていたことに驚く反面、番頭さんならやりかねないとも思います」

お結は毅然と言った。

「そなたが申しておった怨念が蘇《よみがえ》るとは、与一が人を殺すということなのか」

「いいえ、そんなつもりで申したのではございません。わたしはただ三年前に終わったことを蒸し返すことの愚を申しただけです」

　お結は淡々と答えた。

「与一が伊三郎を殺したり、お春を殺したりする理由は何であろうな」

「わかりません」

「もし、与一の仕業《しわざ》ではないとしたら誰が殺したのであろうな」

「それはお役人さま方がお調べになられ、突き止められることだと存じますが、番頭さんがこのように遺書を残しているのですから、間違いないと存じますよ」

　お結はさばさばとした口調となっている。

「そうだな」

　お結の言葉を受け入れてから源之助は、

「弔いは出してやれ」

　と、付け加えた。

「よろしいのですね」

　戸惑いの籠った目でお結は問い返してきた。

「構わん」

源之助は即答した。

「では、店の者に葬儀の手配をさせます。ありがとうございます」

「手厚く弔ってやれ」

源之助が言うと、お結はお辞儀をして去って行った。

二

お結の姿が見えなくなってから、

「父上、よろしいのですか。与一は下手人であるかもしれないのですよ。その疑いが晴れたわけではないのです」

源太郎が言うと、

「与一は下手人ではない。そのこと、確信した」

源之助はけろっと返した。

源太郎と京次が戸惑いを示すと、

「これだ」

書付を差し出した。

「お結は与一が書いたものに間違いないと申しおった」

源之助が言うと、

「違うのですか。父上は与一の筆遣いを御存じなんですか」

源太郎は戸惑いながらも問いかけてきた。

「与一の筆遣いは知らん」

言下に否定すると、

「では、どうしておわかりになるのですか」

問いかける源太郎の横で京次もうなずいている。

「少なくとも、この筆遣いはよく知っておる。わたしばかりか、おまえたちも見覚えがあるはずだぞ」

源之助はにやっと笑った。

書付には角ばった骨太の文字が書き連ねてある。源太郎と京次は顔を見合わせ、

「これは父上の……」

「こいつは蔵間さまがお書きになったのですか」

二人同時に声を上げた。

「そういうことだ」

「では、母屋に行かれたのは」

「与一が書いたとされた書付を写し取っておったのだ」

源之助は笑い声を上げた。

源太郎と京次も笑っていたが、

「お結は父上の書いたものを読んだはずですが、気付かなかったのですか」

「読んでなどおらなかったのだ。さっと、目を通すふりをしたに過ぎぬ。それにもかかわらず、書付の内容をすらすらと言えたということはあらかじめ、書付の内容を知っていたということだ」

「ならば、この書付はお結が書いたもの」

「お結が誰かに書かせたか、与一の筆遣いを真似てこさえたのだろう」

源之助が断じると、

「じゃあ、下手人はお結ですかい」

京次が言った。

「そうであろうな」

源之助が首肯すると、

「お結は三人もの人間を殺めたのですか」

源太郎は悄然となった。

「でも、どうして」

京次が言った。

しばらくしてから、豊州屋の手代たちが与一の亡骸を引き取って行った。


その頃、豊州屋の裏口で矢作が潜んでいた。

念のため、吉次郎の容態を確認しようと思ったのである。

「太助、案内しろ」

脇にいる太助の襟首を摑み矢作が言うと、

「ちょっと、待ってくださいよ。まだ、朝じゃないですか」

「お結に言えばいいだろう」

「お結だって、不審がりますよ」

太助は亭主気取りである。

「ふん、偉そうに」

矢作が顔をしかめたところで、当のお結が母屋から出て来た。矢作は太助の着物の袖を摑み、天水桶の陰に引っ張り込んだ。

お結は無表情で急ぎ足で出かけて行った。

「何処へ行くんだろうな」

「さてね」

太助は横を向いた。

「ま、いいや。丁度いい。これで、お結がいなくなったからな」

渡りに船とばかりに矢作は太助と一緒に母屋に入った。

すると、店が騒がしい。

女中たちや手代が騒いでいる。

慌てて、植え込みに二人は身を隠す。女中たちが、

「番頭さんが亡くなった」

と、騒ぎ出した。

矢作が、

「番頭が死んだそうだぞ」

声を潜めて言うと、

「へえ、そうですかい」

太助は無関心に返すばかりだ。

「驚かないのか」

「そりゃ、びっくりしましたよ。それより、豊州屋の旦那の寝間に入るんなら、今のうちですよ」

「よし、案内しろ」

太助の案内で矢作は庭を横切ると、母屋の縁側に上がった。吉次郎の寝間は奥にあるそうだ。足音を忍ばせて進み、襖の前に座る。

「旦那」

一応、太助は声をかけると音がしないようにゆっくりと襖を開けた。中には床が延べられ、吉次郎が横たわっている。両目を瞑り、寝息を立てていた。

矢作は枕元に座った。

吉次郎の寝顔に視線を落とし、

「すやすやと眠っていらっしゃいますが、目を覚まされましてもろくにやり取りはできませんよ」

太助が言う。

「なるほど、寝たきりというのは本当のようだな」

「時折、寝言をおっしゃるんですよ」

「どんなことだ」

「相撲の夢をご覧になっているそうですよ」

相撲好きの吉次郎のため、お結は枕元に相撲の番付表を置いていた。

「あれは、倒れる前のものですがね」

太助が語ろうとしたところで吉次郎の両目が開かれた。首が動き、矢作と太助の姿を見やったが、目はうつろで二人のことがわかっているのかどうかはわからない。

「旦那」

太助が声をかけると、吉次郎は枯れ木のように痩せ細った腕を伸ばした。太助は吉次郎の手を握った。

「瓢吉、すまなかったな」

吉次郎は太助を瓢吉だと思っているようだ。

「旦那、おら、詫びられることはねえよ。それより、養生してくんな」

太助は吉次郎の腕を蒲団の中に戻した。

それから両目を瞑る。

「吉次郎はおまえのことを瓢吉だと思っているようだな」

「そのようでさあ」

「おまえが言っていたように、おまえは瓢吉とは瓜二つだということがよくわかるよ。お結もきっとおまえに瓢吉の面影を見たんだろうな。すると、おまえは、父親と娘をたぶらかしているというわけだ。とんだ、悪党だ」

矢作になじられ、

「馬鹿、言わないでくださいよ。あっしが瓢吉とかいう飾り職人に似ていようがいまいが、そんなことはあっしのせいじゃござんせんよ」

「似ていることはおまえのせいではないが、それを利用して悪事を働けば罪となるぞ」

「ちょっと、待ってくださいよ。あっしはね、可哀そうなお結のためを思って、瓢吉のふりをしてやったんですよ」

「人助けだとでも申すか」

「太助って、名前ですからね、あっしは、生まれついて、人助けすることを定めとして背負っているってことでさあ」

悪びれもせず太助は言った。

「おい、つけあがるなよ。てめえ、そのことで相撲賭博で大儲けを企みやがったんだろう」

「ちょっと、小遣いを稼いだだけですよ。これも、いわば豊州屋の旦那のためですって」

「とうとう認めたな」

矢作が鼻で笑うと、

「賭博って程のことじゃねえんですって。ほんのお遊び。何度も言いますが、相撲好きの豊州屋さんのためにやっているんですよ」

「どこまでも調子のいい男だ」

矢作は太助の頭をはたいた。

いててと顔を歪めながらも、

「勘弁してくださいって」

太助はおどけた様子でぺろっと舌を出した。

「与一は知っていたのか、おまえが瓢吉になりすましていたことを」

「ですから、なりすましてなんかいませんて」

これにはまじめな顔になって太助はかぶりを振った。

「与一は知っていたのか」

矢作は繰り返す。

「知ってましたよ。番頭さんはね、女将さんのために瓢吉の身代わりになってくれって頼んできたんですよ。それにね、お結だって、あっしが瓢吉じゃないってことを知ってからもあっしのことを受け入れていたんですよ」

太助はにんまりとした。

太助の言わんとするのは睦言《むつごと》だろう。

「馬鹿めが」

拳を振り上げ、殴ろうとしたが、矢作はやめておいた。

「おまえなんか、殴ったら手が腐る」

矢作が吐き捨てると、

「ご挨拶ですね」

どこまでも、人を食った太助の態度に矢作は呆れてしまった。

「おめえ、悪さをしていたら許さんからな」

「まっとうに暮らしておりますよ」

抜け抜けと太助は答えた。

矢作は凄んだ。

「なら、あっしはこれで」

太助は腰を上げた。

「西條と水戸の相撲、相当に高額の賭け金が集まるのだろうな」

「さてどうですかね」

「おまえはどっちが勝つと思う」

「いい勝負ですね。矢作の旦那も賭けてみたらどうですか。いや、賭けるたって、あっしと二人の間で、小銭を賭ける程度ですよ」

けたけたと太助が笑った。

「よし、賭けてやろうではないか。各々の取り組みに賭けるのは面倒だ。一発勝負、西條家の勝ちに、十両賭けるぜ」

矢作は腕捲りをした。

「なら、あっしは水戸さまの勝ちに十両」

堂々と太助は受けて立った。

この辺りは寅吉の賭場で壺振りをしていただけあって、勝負度胸を感じさせる。

「相撲は今月の十五日だな。よし、十四日に十両を持って来る」

矢作は勢いよく立ち上がった。

三

豊州屋を出ると矢作は与一の家にやって来た。

「やっぱりここにいたのか」

矢作兵庫助が庭に入って来た。

「おお、何かうれしそうではないか」

源之助が訊くと、

「どうやら、絵図が見えてきたぞ」

自信満々に矢作は答えた。

源太郎と京次も期待に胸を疼《うず》かせる。

「おれの話はゆっくりするとして、与一、自害したんだってな」

矢作が言った。

「今朝、通いの女中が見つけました」

源太郎が見つかった経緯を説明した。それから、

「父上もわたしも、与一が自害したとは考えていません」

と、言い添えた。

「それじゃあ、下手人の見当はついているのか。与一殺しも含めてだがな」

矢作が顎を掻いた。

「お結が怪しいと思っておるのだがな」

源之助が答えた。

「お結か」

意味ありげに矢作が答える。

「だが、お結が人を殺すというのはどうもしっくりとこないとも迷っておる」

源之助の言葉を待ってましたとばかりに矢作は手を打ち、

「太助だよ」

と、答えた。

「太助というと、寅吉のあとに相撲賭博を仕切っているという博徒か」

源之助は首を捻った。

「そういうことだ」

矢作は言う。

「どうして、太助が伊三郎やお春、そして与一までも殺す必要があるのですか」

源太郎が矢作に問いかける。

「太助はな、死んだ瓢吉に瓜二つなんだ」

「そんなに、似ているんですか」

京次が念押しすると、

「ああ、そっくりだそうだ。寅吉が間違えたくらいだ」

「では、太助は瓢吉に成りすましているということか」

源之助が問いかけると、

「そうでもないんだ。これが、女心の複雑さというところだろうな」

矢作の答えに源之助は失笑を漏らしたが、

「今年の正月、赦免船が江戸に戻って来ただろう」

無視して矢作は続けた。

「寅吉が乗っていたんだったな」

「太助は寅吉を出迎えに、行ったんだそうだ。すると、その場にはお結もお忍びで来ていた」

矢作がここまで語ったところで、

「でも、お結は豊州屋の女将として、店を切り盛りをし、瓢吉への未練は断ち切っていたんじゃありませんか」

源太郎が疑問を差し挟むと、

「源太郎、おまえにはわからないだろうがな、いくら未練を断ち切ったといっても、心の奥底には瓢吉への想いがくすぶり続けていたんだよ」

「はあ、そうですか」

呆けた顔で源太郎は返事をする。

「それに加え、吉次郎が病に倒れてしまった。病気の父の面倒も見なくてはという負担がのしかかった。ただでさえ、大変な時に、夫伊三郎がお春を囲っていることに気付いた。お結の心中たるや、それはひどいものだっただろう」

「違いねえですよ」

京次が賛意を示した。

「そんな時だ、八丈島から赦免になった者たちが江戸に戻って来るって耳にしたのは」

矢作が言うと、

「お結には瓢吉が死んだことは知らされていなかったんですかね」

源太郎が確認した。

「瓢吉の死は母親には知らされただろう。しかし、母親は死んでいた。お結は瓢吉とは関わりがないのだから、報せが届かなくても不思議はない」

「それで、お結は瓢吉が帰って来ると思って、会いに行ったんですね」

源太郎は納得したようだ。

ここで源之助が、

「お結は瓢吉とよりを戻すつもりだったのだろうか」

「そこのところは、おれにはわからんが、一緒に何処かへ行きたい心境だったとしても不思議はないな。吉次郎の病、伊三郎の浮気、それはもう、嫌なことが重なり、その最中、たった一つの喜びは瓢吉が戻って来たということなんだからな。それにすがって、お結は暮らしていたのかもしれないぞ。だとしたら、お結、哀れなもんだな」

矢作はしんみりとなった。

「しかし、太助が瓢吉ではないことに気づいたわけだろう」

源之助が疑問を投げかけると、

「太助が言うには、最初は太助も戸惑ったそうだ。なにせ、いきなり、自分を瓢吉さんと呼び止めて、目に一杯の涙を溜めて見つめられたんだからな。太助はじきに、赦免船で戻って来た流人と間違われていると思ったらしいが、お結がかわいそうになって、話を合わせたんだそうだ」

実際は、こいつは金になるかもしれねえと踏んだんだろうがな、と矢作は吐き捨てた。

次いで、

「ともかく、最初は瓢吉の振りをして逢瀬《おうせ》を重ねた。ところが、そうそう、いつまでも嘘をつき通せるもんじゃない。太助の方から瓢吉ではないことを白状した。白状した時にはお結が豊州屋の女将で、吉次郎の娘だと知っていた。太助はこれで、相撲賭博を仕切れると思った」

「よく、お結が承知しましたね」

京次が疑問を投げかけた。

「吉次郎は寝たきりとなってからも、相撲だけが楽しみだったそうだ。だから、お結にしてみたら、吉次郎に代わって太助が相撲賭博を仕切ることにさほどの抵抗を感じなかったのかもしれねえぞ」

矢作は言った。

源太郎が、

「それに、伊三郎のことがありますね。伊三郎がお春と切れていなかった、自分は瓢吉への想いを断ち切ったというのに、ひどいじゃないかと恨みを抱き、それなら、いっそ、太助を瓢吉だと思って関係を持ち続けたとしても不思議はありません」

「おっと、源太郎も女心がわかってきたか」

からかいの言葉を投げる矢作を源太郎はむっとして見返した。

京次が、

「なら、お結は太助ににっくき伊三郎とお春を殺させたというわけですか」

「そうかもしれん、そうじゃないかもしれん」

矢作らしくない迷った答えに、

「どっちなんですか」

源太郎は詰め寄った。

「どっちかわからんというのはな、太助が一人の考えで伊三郎とお春を殺したのかもしれないからだ」

「お結に頼まれたからではないと」

「そういうことだ。その辺のことはお結に確かめなければならないがな。おれは、太助が相撲賭博の仕切りの件で伊三郎が邪魔になったんだと思うな」

矢作は言った。

「そうかもしれぬな。わたしも、お結が殺しを頼むとは思えぬ。お結は怨念が蘇ることを何よりも恐れていた。自ら、殺しをさせるようなことはするまい」

源之助が言った。

「なるほどそうかもしれんな」

矢作は源之助の考えを受け入れた。

「ともかく、太助が下手人だとしたら、太助の尻尾を摑まなければなりません」

源太郎が言うと、

「西條家と水戸家の相撲が行われる。きっと、大掛かりな賭博が実施されることだろう」

源之助の言葉を受けた矢作が、

「それなら、その賭場を仕込んでいる現場を押さえればいいんだな」

気軽な調子で言うと、

「兄上、そんな簡単に摘発などできるものでしょうか」

源太郎が危惧を示した。

「う〜ん、そうだな、そうそう簡単にはいかんな。相撲賭博の実態を摑めていないし、水戸家と西條家の相撲となれば、町方が調べることはできん」

矢作も考え込むと、

「よし、わたしに任せろ」

源之助が請け負った。

「親父殿、大丈夫か」

矢作が言うと、

「任せろ。いや、わたしの間違った推量で探索を誤らせてしまった。罪もない与一を下手人扱いしてしまったことも、申し訳ない。この上はわたしに汚名をすすがせてもらいたい」

強く源之助は申し出た。

「わかった」

矢作は即座に応じたが、

「いかがされるんですか」

源太郎は流されることなく問い直してきた。

「お結に当たる」

源之助は言った。

「お結にですか」

意外な顔で源太郎が問い返すと、

「そいつはどうかって思いますぜ」

京次も危惧した。

「まあ、任せておけ。今回の一連の事件、相撲賭博も含めて鍵を握るのはお結だ。お結の心に光を投じれば、闇は晴れる」

自信を示すように源之助はいかつい顔を綻《ほころ》ばせた。

「親父殿、言っていることがよくわからんが、闇を照らす光の当てはあるのか」

矢作の問いかけに、

「ある」

源之助はしっかりと首を縦に振った。

四

十四日の昼下がり、源之助は豊州屋にお結を訪ねた。

お結の心の闇を照らすつもりで来たのだが、今日は朝から雨がそぼ降っている。じめじめとした空気に包まれ、これで今年の桜は見納めだと源之助は思った。

母屋の居間で応対したお結は表情を消して源之助を迎えた。部屋の中が湿っぽくなると障子は半開きにしてある。庭には桜の花びらが雨に濡れ落ち、泥にまみれていた。

「与一、気の毒なことをした」

改めて悔やみの言葉を源之助が述べると、

「蔵間さまのご配慮で、無事、与一の野辺の送りを済ませられました」

丁寧にお礼の言葉を述べるとお結は頭を下げた。屋根瓦を打つ雨音が静寂を際立たせている。

「これは、ほんのお礼でございます」

お結は紫の袱紗包みを源之助の前に置いた。源之助はぎろりとした目で見返す。

「蔵間さまが、お金を受け取られるお方ではない、とはよく存じております。ですが、このたびは与一のためにお受け取りください」

「与一のためということであれば、尚の事、受け取ることはできぬ」

きっぱりと源之助は拒絶した。

お結の目がきつくなった。

「本来であれば、罪人である与一の弔いは許されぬはずでございます。それを蔵間さまが……」

ここまでお結が語った時、源之助は制して、

「与一は罪人ではない」

「はあ……」

「罪人ではないが、身寄りはないと聞く。四十五年もの間、奉公してきた豊州屋で弔ってやるのは当然だと考えたまで」

「身寄りがないのは本当でございますが、罪人ではないというのはどういうことでございますか。与一は伊三郎やお春を殺したのは自分だという遺書を残しております」

お結は言った。

「与一は殺され、遺書も偽造されたものであったからだ。遺書を偽造したのはそなたであろう。そして、与一を自害に見せかけて殺したのは太助ではないのか。与一ばかりではない。太助は伊三郎とお春も手にかけたのではないのか」

静かに源之助は述べ立てた。

お結の目が大きく見開かれた。

「図星のようだな」

「何か証《あかし》がございますか」

うろたえながらもお結は反論した。

「これだ」

源之助は懐中から朱色の玉簪を取り出すと、お結の前に置いた。お結は無言である。

「この簪、存じおろう」

「蔵間さまが、初めておいでになられた時、瓢吉さんの形見だと、お見せくださいました」

あの時同様にお結は冷ややかな笑みを浮かべた。

「そうであったな。いかにも瓢吉が死ぬまで離さなかった簪だ」

「瓢吉さんがこさえた簪が与一殺しの証になるのでございますか」

お結は眉をひそめた。黒目がちな瞳がくりくりと動き、険しくなった表情とは不釣り合いに愛らしい。

「直接の証にはならない。だが、そなたから真実を引き出すには何よりの証となるものだ。そなたの心の闇を照らす光となろう」

「おっしゃっている意味がわかりません」

「ほう、わからぬか」

簪を手に取り、源之助はお結に差し出した。お結は横を向いた。

「さあ、手に取ってみろ」

源之助は簪をお結に近づけた。

それでも横を向いたままのお結に、

「手に取るのだ」

厳しい口調で命じた。

お結は源之助に向き、簪を受け取った。だが、視線を向けることなく掌《てのひら》に載せたままにしている。

源之助は言葉をかけることなく、お結を見守った。お結はしばらく、簪を持て余すように右手と左手に持ち替えたりしていたが、やがて、顔の前に持っていった。

と、不意に雷光が走り、雷鳴が轟いた。思わずといったようにお結は肩をすくめた。その拍子に簪がお結の手から零《こぼ》れ落ちてしまった。

稲光に朱色の艶めきを放ち、簪は畳を転がる。慌ててお結は簪を拾い上げた。

しげしげと眺め、しばらく見入ってから、髪を飾る鼈甲《べっこう》の簪、櫛《くし》、笄《こうがい》を取り去り脇に置くと玉簪を挿した。

源之助は懐中から手鏡を出し、お結に手渡した。抗《あらが》うことなく素直にお結は受け取り、己が髪を鏡に映した。

「美しいぞ」

言葉をかけてから、源之助はお結に対する称賛なのか、簪を美しいと褒め称えたのか、自分でもわからなくなった。源之助の無粋さからというよりは、お結と簪が一体となっているように見えるのだ。

簪はお結の髪に挿されることによって生命を得たようであり、お結もまた、どのような高価な簪よりも一本の玉簪で美しさを引き立てていた。

瓢吉に見せてやりたかった。

鏡に映る自分を見てお結は笑顔を弾《はじ》けさせた。

表情が柔らかになり、憑《つ》き物が落ちたかのようで、老舗の小間物問屋の女将から一人の娘に戻ったかのようである。

やがて、手鏡を源之助に返し、

「ありがとうございます」

と、頭を下げた。

「受け取ってくれるな」

源之助が言うと、しっかりと首を縦に振った。

ところが、

「蔵間さま、この簪、懐かしくもあり、とても大事な品と思います。蔵間さまは、瓢吉さんの形見の簪を受け取ることでわたしを三年前に戻らせようとお考えなのでございましょう。三年前の世間知らずのわたしに立ち帰ることで、わたしが豊州屋の女将として行ってきた罪を白状させたいという思惑でございますね」

表情を引き締めたお結は乙女から女将に戻っていた。

「いかにも。その通りだ」

源之助は認めた。

「それは、甘いお考えでございます」

お結は冷笑を放った。

「そうかな」

源之助は見返す。

「簪は大事にしますが、わたしは三年前に戻ることはできません」

「瓢吉には未練はないと申すのだな」

「当たり前でございます。わたしは申し上げたはずです。瓢吉さんの濡れ衣を晴らす必要などございませんと」

「その言葉、忘れようもない。だが、そなた、まことに瓢吉への想いを断ち切れておるのかな」

「切っておりますゆえ、豊州屋の女将を務めておるのでございます」

「いや、そなたは瓢吉を忘れてはおらん。駆け落ちまで考えた男、盗みで罰せられ、危うく死罪になりそうであったのを必死で助命嘆願した男のことを、高々三年の月日で忘れられようか」

源之助の口調は熱を帯びた。

「忘れたのでございます」

お結はきっと唇を結んだ。

「忘れられたのか」

「忘れました」

「三年の間、夢に見なかったか。いや、今も夢に見るのではないのか」

「いいえ、そんなことは……」

お結は言葉を詰まらせた。

「瓢吉を夜は夢、昼間は幻として見ておるのであろう」

「幻ですって」

やおら、甲高《かんだか》い声をお結は発した。

「いかにも幻だ」

「そんな、幻だなんて」

お結の目が凝らされる。

「そうだ、そなたは幻を見ておる。瓢吉への想いがとんでもない幻を見せておるのだ。お結、目を覚ませ」

源之助は語調を強める。

お結は目を瞑り、胸を押さえた。息が荒くなり、肩が震えた。

お結が落ち着くまで源之助はじっと待った。

篠つく雨が縁側も濡らし、庭を煙らせている。

お結の目が静かに開かれた。

「蔵間さまは、太助さんのことを申しておられるのですね」

「太助は瓢吉ではないぞ」

いかつい顔をできる限り柔らかにし、精一杯の優しさで語りかける。

「わかっております」

弱々しい声でお結は答えた。

「わかっているとは思えぬな」

「太助さんは瓢吉さんではありません。そのことはよくわかっているのです。ですが、太助さんの顔を見れば、声を聞けば、瞼《まぶた》に瓢吉さんが蘇るのです。幻を見ているのだ、太助さんに瓢吉さんを重ねているだけだとは自分でもわかっております。ですが、それでも、太助さんの胸の中ではわたしは三年前に戻ることができるのです」

「可哀そうにな」

小さく首を横に振り、源之助は呟いた。

「可哀そうではなく、惨めな女とお思いでございましょう。こんなわたしをお笑いになってくださいまし」

虚勢を張るようにお結は声を上げて笑った。

「お結、太助の罪を打ち明けよ」

乾いた口調で源之助は命じた。

「太助さんを売れとおっしゃるのですね」

「そなた自身を取り戻すのだ。幻とは決別するのだ」

源之助は言った。

五

すると、

「お結、いるか」

太助の声が聞こえた。

源之助は立ち上がると素早く隣室の襖を開け、身を入れた。わずかに隙間を作り、様子を窺う。

程なくして太助が入って来た。

お結は黙って迎える。

太助は立ったまま雨中の庭を見ながら、

「相撲賭博、千両の金が集まったぜ。さすがは、水戸さまと西條さまの取り組みだ。明日の取り組みが楽しみだな。この雨、今日中には上がるだろうぜ。明日はからっと晴れるさ」

一人でべらべらと捲《まく》し立てる太助をお結は黙って見上げている。

「どうした、お結。そんな陰気な面《つら》しやがってよ。何か心配事でもあるのかい」

太助はお結の前にあぐらをかいた。

「心配事って、毎日だよ」

ため息混じりにお結は答えた。

「心配事はおれが全部片付けてやったじゃねえか。な、相撲賭博とおれとおまえの仲に気付いた伊三郎を殺してやったのを手始めによお」

「相撲賭博は目を瞑ったわ。おとっつあんのためにね。でも、伊三郎を殺してなんて頼んでいないじゃない」

「でも、おめえ、怒っていたじゃねえか。伊三郎がお春とよりを戻したって。おとっつあんが病に倒れたことをいいことに、なんて男だって」

「そりゃ、怒ったわ。でも、我慢しようと思った」

「我慢だと」

「そうよ、我慢よ。三年前からわたしの暮らしは我慢なの」

「三年前、番頭の与一が旦那の五十両を盗み、瓢吉に濡れ衣を着せてからかい」

「そう……。番頭さん、おとっつあんが病に倒れてから打ち明けてくれたわ。わたしに瓢吉さんを諦めさせ、伊三郎を婿にとらせるためにやりましたって」

「だから、与一への恨みも晴らしてやったじゃねえか」

「それも頼んでいない。わたしは耐えていた。瓢吉さんが八丈島に流され、伊三郎と夫婦になって豊州屋を切り盛するようになり、これがわたしの定めだと番頭さんへの恨みも心に封じ込めた。余計なことをしてくれたものね。罪深いことを重ねて、あんたもわたしも八丈島どころか地獄行きだわ」

「おい、おい、そりゃつれねえぜ。おれはな、おめえのためにこの手を血で汚したんだ。それに、捕まりはしねえさ。お縄にならなきゃ、地獄なんぞへ行きっこねえ。一生、極楽のような暮らしをするんだ」

「わたしのためっていうより、豊州屋を乗っ取り、相撲賭博を仕切りたいからでしょう。伊三郎と番頭さんがいなくなれば、意のままになるものね。あんたのことに感づいたお春も殺したんだろう」

「ああ、殺したよ。おめえの使いだって声をかけて家に入り込んでな」

「ひどい」

お結は横を向いた。

すると、太助はお結の腕を摑み、抱き寄せた。

「やめて」

手を振り解《ほど》いて拒絶するお結に、

「本当にやめていいのかい。おれの胸の中じゃ、三年前に戻れるんだぜ」

勝ち誇ったように声をかけると、太助はお結の顔を見た。お結は目を伏せている。

すると、

「なんでえ、このしんき臭え簪は」

太助はお結の髪から玉簪を抜き取った。

「な、何するの」

お結は太助を睨み返した。

「おめえには似合わねえよ。こっちの鼈甲細工の方がずっと似合うじゃねえか」

言うや、太助は玉簪を放り投げた。

お結は両手で太助の胸を押した。不意をつかれた太助は仰向けに転がった。

「お結、どうした」

目を白黒させながら太助は半身を起こした。

「あんたは、瓢吉さんじゃない」

太助を見下ろしお結は言った。

太助は口を半開きにしていたがじきにニヤリと笑い、

「あたりめえじゃねえか。おれは、太助だ。濡れ衣着せられて島流しにされた間抜け野郎なんぞじゃねえさ」

開き直ったように返すと、立ち上がった。

「よくも、瓢吉さんを……。許せない」

唇を震わせ、お結は簪を拾い上げると、太助に向かって行った。簪を振り上げ、太助に襲い掛かる。

ところが太助は難なくかわすと、簪を握りしめたお結の手を捻じり上げた。

お結の顔が苦痛に歪む。

「大人しくしろ。元々はおめえがおれのことを瓢吉と間違えたことから始まったんだぜ」

「そうよ。あの時、三年間封印していた怨念が解かれてしまったんだわ」

自分を責めるようにお結は涙を流した。

「おれの言う通りにしてりゃ、いい思いをさせてやる。豊州屋の女将を張っていられるぜ」

太助はお結を突き飛ばした。

次いで、畳に倒れたお結に太助はのしかかった。

「いや、やめて」

足をばたばたとさせて抗《あらが》うのにも構わず、太助はお結の唇を貪《むさぼ》った。

お結の叫びが途切れ途切れとなる。

その時、

「いい加減にしろ」

襖が開いて源之助が入って来た。

「なんだ、てめえ」

動きを止め、太助は源之助を見上げた。

「話は全部聞いた。この悪党。太助、おまえこそ八丈島で流人暮らしをすべきだったのだ。そうすれば、少しはまっとうになっただろう。いや、性根の腐ったおまえには流人暮らしも身にならぬかもな」

源之助は太助の髷を摑み、引っ張り上げた。

「い、いてえよ」

太助は立ち上がった。

「神妙にお縄につけ」

凜《りん》とした声を放つと、

「畏れ入ってございます」

しおらしく太助は頭を下げたが、さっと右手を懐《ふところ》に入れた。次の瞬間には懐《ふところ》に呑んでいた匕首《あいくち》を抜く。

「くたばれ」

すさまじい形相で太助は匕首を突き出した。

源之助は右に避けた。すると、太助は源之助の脇をすり抜け、お結の腕を摑んだ。そして、背後に回ると首筋に匕首を突きつける。

「出て行け」

太助はすごんだ。

「蔵間さま、わたしのことは構いません。この悪党を成敗なさってください」

頬を引き攣らせながらもお結は毅然と言った。

「てめえは、黙ってろ」

太助が怒鳴る。

「どうしようもない悪党だな」

声をかけながら源之助は太助の隙を探す。匕首の切っ先はお結の喉笛をしっかりと捉え、少しでも源之助が襲いかかれば、お結の喉は切り裂かれ、座敷は血の海と化すだろう。

伊三郎、お春の命を奪った匕首がお結をも殺す。

「出て行け」

太助に怒声を浴びせられ、源之助は一歩、一歩、後ずさった。

苦し気なお結とは対照的に、太助は余裕たっぷりの笑みを広げている。

じりじりと後退し、やがて源之助は縁側に出た。

雨に濡れた縁側で足を取られそうになる。ふと、振り返ると沓脱石《くつぬぎいし》の横で一人の男が蹲《うずくま》っている。

矢作兵庫助であった。

目が合うと矢作はにんまりとし、沓脱石に揃えてある源之助の雪駄《せった》を手に取った。鉛の薄板を底に仕込んだ特別あつらえの雪駄だ。

やおら、

「おお！」

雄叫びを上げるや矢作は立ち上がり、雪駄を太助目がけて投げた。

雪駄は矢のように飛び、太助の顔面を直撃した。

「ううっ」

太助の手がお結から離れた。

間髪《かんはつ》容れず源之助は飛び出し、腰の大刀を横に一閃させた。

大刀は一陣の風となって太助の腕を襲い、匕首を持った手首が、太助の悲鳴と鮮血と共に宙を舞った。

六

月が替わって卯月《うづき》一日、源之助と善太郎は寅吉の招きで富岡八幡宮近くにある料理屋大利根にやって来た。

春が去り、初夏となった。

大利根の庭は若葉が芽吹き、新緑が匂い立っている。鯉の洗いを肴《さかな》に一献傾けながら、

「蔵間さん、やっぱり、あんたは大したもんだ。見事に頼んだ御用をやってくれたな」

満面の笑顔で寅吉は善太郎に賛同を求めた。

「蔵間さまに間違いはありませんよ。何しろ、あたしを悪党どもから助けてくださったのも蔵間さま……。あ、いや、その、身を持ち崩していたあたしを立ち直らせてく

だったのも蔵間さまですから」

汗を掻き掻き、善太郎は答えた。

「気にするな。久しぶりにおめえと会ったのが幸いしたんだ。おめえにも感謝するぜ」

寅吉は善太郎にもっと飲めと勧めた。

「水戸さまとの相撲、日延べになったのだな」

源之助が問うと、

「太助の馬鹿が相撲賭博なんか開いてやがったから、南町に摘発されてな。といっても、あんたが全て知っているだろうさ。あんたが太助の罪を暴いてくれたお陰だよ。だが、これで、稽古に費やせる日が増えて、西條家には良かったさ。大殿さまはやきもきなさっているがな」

寅吉は笑った。

「太助の奴、哀れ、獄門だ」

源之助は杯《さかずき》の酒を飲んだ。

「当然なお裁きだな。あいつ、昔はいい奴だったんだ。それとも、猫を被っていやがったのか」

寅吉は舌打ちした。

「人の心は変わる……。お結が言っていたぞ」

「そうかもしれねえが、人の根っこってものは変わらねえぜ。おれは相撲が根っこにあったから、流罪になりながらもこうしてお天道《てんと》さまを拝んでいられるってもんだ。そうだ、お結はどうしたんだ」

「お結はお慈悲をもって、金百両の支払いですんだ。お慈悲には相撲賭博が明らかになると都合の悪い方々、はっきり言えば水戸家、西條家のお偉方への配慮が含まれておるのだがな。ともかく、今は、豊州屋を盛り立てている。一昨日、店を覗いたら、憑き物が落ちたように晴れ晴れとした顔をしていたぞ」

「そりゃ、よかった。草葉の陰で瓢吉も喜んでいるさ」

寅吉は女中を呼び、酒の追加を頼んだ。

南町の大木柿右衛門は相変わらず病の床にあり、この夏を越せるかどうかだ。矢作によると、名が柿右衛門だけに柿が熟すまで死なないと闘病を続けているそうだ。

源之助の脳裏に店を切り盛りするお結の姿が浮かんだ。老舗の小間物問屋の女将が挿すには地味と評判の朱色の簪だが、源之助の目にはひときわ映えて見えた。

女将の落ち着きと黒目がちな愛らしい眼に彩りを添え、人への慈愛を失わない、お結と瓢吉の絆のように思えた。

時代小説

二見時代小説文庫

幻《まぼろし》の赦免船《しゃめんぶね》　居眠《いねむ》り同心《どうしん》 影御用《かげごよう》26

著者　早見《はやみ》　俊《しゅん》

発行所　株式会社　二見書房
東京都千代田区神田三崎町二－一八－一一
電話　〇三－三五一五－二三一一［営業］
〇三－三五一五－二三一三［編集］
振替　〇〇一七〇－四－二六三九

印刷　株式会社　堀内印刷所
製本　株式会社　村上製本所

ISBN978－4－576－18042－7
http://www.futami.co.jp/

早見俊

居眠り同心 影御用

シリーズ

以下続刊

閑職に飛ばされた凄腕の元筆頭同心「居眠り番」蔵間源之助に舞い降りる影御用とは…!?

① 居眠り同心影御用 源之助人助け帖
② 朝顔の姫
③ 与力の娘
④ 犬侍の嫁
⑤ 草笛が啼《な》く
⑥ 同心の妹
⑦ 殿さまの貌《かお》
⑧ 信念の人
⑨ 惑いの剣
⑩ 青嵐《せいらん》を斬る
⑪ 風神狩り
⑫ 嵐の予兆
⑬ 七福神斬り
⑭ 名門斬り
⑮ 闇の狐狩り
⑯ 悪手《あくしゅ》斬り
⑰ 無法許さじ
⑱ 十万石を蹴る
⑲ 闇への誘い
⑳ 流麗の刺客
㉑ 虚構斬り
㉒ 春風の軍師
㉓ 炎剣《えんけん》が奔《はし》る
㉔㉕ 野望の埋火《うずみび》（上・下）
㉖ 幻の赦免船

二見時代小説文庫